# 純白殺人魔

真っ白い殺人鬼

三輪・キャナウェイ—著
林佩玟—譯

# CONTENTS

絕對不能讓其他人知道自己擁有APP。

# 序章

夢想或希望，就像氣球一樣。

所以裡面灌入越多幻想，氣球就會膨脹得越大顆，飄升到遙遠的高處，而破裂時，也會發出更大的爆裂聲。

會這樣刺破氣球的，從古至今大抵都是時間之針。是這個世上最可怕、帶有劣化及衰老之毒的指針，能夠輕易刺破灌飽人們夢想的氣球。大部分的夢想及希望，都是像這樣被時間給扼殺。

當然，其中也有非常善於使用這支毒針的人。因為只有這些人，可以保護夢想氣球飛到宇宙高空中，成為每個人都能夠抬頭仰望的理想。

簡而言之重點在於，人生在世，時間這種東西會因為使用方式不同，而成為扼殺自己的毒物，或是讓自己更強壯的武器。

不過這裡要注意一件事。無論如何，時間都是一把兇器，這一點不會有任何改變。

而擅長使用時間是怎麼一回事，說穿了其實很簡單。

星星閃耀著的宇宙，是眾人必須抬頭仰望的又高又廣之處，相較於此，飛上宇宙的天際道路則極度狹窄。所以在氣球中灌入自己的夢想及希望，意圖前往又高又廣之處，就代表必須和其他人也不斷膨脹的氣球競爭，必須經歷擠破頭的過程。無論何時，往上看理想多如繁星，往下看則是欲望浩如塵沙，想在這樣的世界百分之百順心遂意讓自己的夢想與希望擠過窄門是難上加難。

越是這樣的時刻，越該使用毒針。

將對方的氣球，刺破。

# 第一章 一條仁

「欸欸，妳們知道那個神祕的ＡＰＰ嗎？」

那時候是午休時間。吵雜的蟬鳴聲從外敲打著緊閉的窗戶，空調的聲音在頭上嗡嗡作響。這時傳來不在乎那些雜音的高亢，且似乎不懷好意的聲音，感覺教室裡稍微安靜了下來。

我不禁停下夾著便帶菜的筷子，豎起耳朵仔細聽黑板前方的聲音來源。因為只要一抬頭，就會被那群個性惡劣的女生發現，對我怒吼：「看什麼看！」所以平常包括我在內的其他許多同學，都會盡量不和她們三人扯上關係。

但是只有這次，除了我以外還有好幾個人，都專心聽著她們聊天的聲音。教室裡會稍微安靜下來，大概是因為這個緣故吧。

神秘ＡＰＰ的傳聞，在學校裡就是如此盛行。

「是最近很有名的那個吧。說是可以改變過去還什麼的。」

「沒錯沒錯，聽說可以變可愛，或是重新投胎到有錢人家……甚至讓人死而復生，真的想做什麼都可以喔。」

「不過那只是傳聞吧？我對那種神秘學沒興趣。」

「話是這樣說沒錯。但我想講的是如果真的有呢？想做什麼都可以喔？」

就像她們話題中聊到的一樣，神秘ＡＰＰ的傳聞說可以隨心所欲改變過去，是很單純的內容。

但也是因為這樣所以簡單易懂，很多學生都相信了。重點在於可以改變過去。如果傳聞的內容與未來有關，像是可以實現夢想或希望，那麼不必依靠奇怪的傳聞，只要努力也許就能達成。

可是過去絕對無法被改變，犯下的罪過或深深烙印的傷痕，是永遠無法消失的。

所以，我忍不住覺得神秘的ＡＰＰ很有吸引力。

在我這麼思考時，她們依然繼續聊天。

「這樣的話，我希望成為隔壁班雙葉同學的女朋友！他棒球打得好，頭腦、個性和長相也都很有水準，不覺得超讚的嗎？」

「沒錯，他為什麼要和那種菸疤女交往啊？」

「靠臉吧，臉。那個菸疤女穿上衣服看起來還算人模人樣。」

「真的。是說她還敢讓別人看那種噁心的東西，真想叫她放過我的眼睛。」

三人的白色夏季制服在教室前方靜止，看起來就像積雨雲。那是巨大惡意的集合，腹內塞滿了雷或雨之類溼答答的東西，彼此交纏糾結，因此更加惡質。

但是我對於她們的這些言論，比起不快的感覺更多的是擔心。

因為對某個人來說，**菸疤女**這個詞是禁忌。

「妳們，剛才是在說春乃吧？」

就這麼一句話，就成功地讓人感受到恐懼。事實上她冰冷且銳利的話語之刃，一擊就讓教室裡殘存的微弱歡聲及笑語全部灰飛煙滅，給周圍帶來無法輕易開口的緊張氣氛。

我緊閉著嘴，下意識地和其他同學一樣將視線看向教室前方。額頭上冒著青筋的班長吾妻結衣，正站在閒聊八卦的三名女同學面前。她是個漂亮得令人敬畏的美女。高挺的鼻梁和尖細的下巴，線條分明的雙眼皮及臉部細節清晰銳利，擁有如同日本刀意志堅定、勇猛迫人的美貌。而且她不只是容貌姣好，她的手腳修長，也是全年級頭腦最聰明、行為最規矩，並有精神潔癖的人。

這樣的吾妻平常非常冷靜，但只要提到某個話題就會像變了一個人似地狂暴起來。

那個話題便是與她最要好且唯一的朋友三宮春乃，也就是被稱為菸疤女的人有關的惡意內容。

「可以不要再這樣了嗎？感覺很噁心。而且不管是身心，她比妳們這些恐龍都漂亮多了。」

面對以一個高二生來說實在是太過強烈的壓迫感，那群女同學似乎連回嘴的力氣都沒有。尤其是吾妻本身美得無懈可擊，因此就更難反擊了。

所以她們打算採取逃避戰術吧，那群女同學中的其中一人開口。

「……哼嗯。吾妻同學和三宮同學感情真好呢！對不起，我們下次會注意。」

她以滿不在乎的語氣說完，快速收拾好便當，三人就打算離座。

但是吾妻沒有放過她們。她抬起修長的右腳，毫不客氣地將她們面前的桌子全部踢飛。一個挨著一個倒下的桌子發出巨大的音量，原本塞在裡面的課本及筆記本等內臟噴得到處都是，那是非常暴力的畫面。鴉雀無聲的教室，籠罩在連動都不敢動一下、更加沉重的壓力之中。

「誰說妳們可以趁我不在的時候說春乃的壞話了？我說的是不准再說春乃的壞話。所以，應該不會有下次了吧？」

吾妻不屑地對著嚇到動彈不得的女生們這麼說，然後往她們面前逼近一步。看見這個舉動，我心想這下糟了，便放下筷子，打算起身阻止她。吾妻生氣時確實很可怕，但是我知道平常的她有多麼聰明、為朋友著想且直率，所以並不像其他同學一樣覺得吾妻那麼可怕。

不過就在那時，教室前方的門打開了。

一名男同學站在那裡。

剃成平頭的頭頂開始的肌膚，都曬成小麥色。厚實的胸膛看起來很健壯，從夏季制服衣袖伸出的雙臂是結實的肌肉。似乎是與外表相符的可靠男子，強健的體魄看起來應該有參加社團。他就是剛才話題中提到的棒球社王牌，雙葉草太。

他維持著開門的姿勢，因為過於沉重的氣氛，以及看到課本和筆記本四散、如屍體般倒地不起的桌子，而有些驚訝。

不過，也只是有些而已。他就如同健壯的外表一般，毫不膽怯地看向散發可怕怒氣的吾妻。

「吾妻，怎麼了？這是妳弄的嗎？」

草太眼角餘光瞄到倒下的桌子，雖然嘴裡這麼問，但似乎已經察覺到事情的大概了。他也和我一樣，因為與吾妻有往來，所以明白她會為了什麼事而發怒。

「這幾個女的在背地裡說春乃的壞話。」

「那也不能這樣就發飆啊，妳想想，這裡是教室，旁邊還有其他人在喔？」

「我說你沒有任何感覺嗎？你是春乃的男朋友吧？」

草太雖然試著當和事佬，不過吾妻還是無法冷靜，而且草太被反駁之後不知道該說什麼才好。有人說春乃的壞話他當然也覺得不好受，但他也不會因為這樣就像吾妻一樣產生攻擊性。

不過因為草太的現身，感覺教室裡的緊張氣氛稍微緩和了一些。

所以，我再次採取行動。既然草太阻止了吾妻，那我就拿出手機，打開訊息應用程式，向某個人傳送了幾句話。

在無可反駁的草太身後，馬上出現了另一個人的身影。

她正是被人在背後嚼舌根說是菸疤女的同學，三宮春乃。

「怎麼了，結衣？發生什麼事了？」

非常坦率又開朗的聲音。有種清涼的感覺，是真的打從骨子裡散發的活力，更重要的是這是對吾妻最有效的聲音。

「春乃，妳怎麼……」

看到出現在眼前的春乃，吾妻的怒氣一口氣消退了。

「沒有啦，就是，我追著最心愛最心愛的草太過來的感覺？啊哈哈！對吧，草太，我們兩個就是黏踢踢！」

笑得天真浪漫的春乃，大膽地環繞著草太的手臂。給人感覺不拘小節的她，在這方面非常開放，連草太也無法隱藏困惑的表情。

「喂，春乃，不要在這種地方貼著我。」

「咦？所以不是在這裡就可以囉？」

「我不是這個意思……」

多虧他們兩人卿卿我我，教室裡的沉重氣氛一掃而空。還因為春乃的舉動太透明公開，甚至出現了此起彼落的笑聲。那三名女同學趁著這樣的空檔，迅速溜出了教室。吾妻似乎也無意再對她們三人怒吼什麼，雙手抱胸嘆了口氣。

這時我站起身，走到教室前方，抬起吾妻踢倒的桌子，撿起四處散落的課本和筆記本。

結果吾妻來到我身邊，開始一起收拾殘局。

「對不起，一條。這是我搞的，我自己收就好。」

吾妻已經恢復了平常冷靜且聰明的樣子了。雖然聲音聽起來很強硬，不過那就像騎士身著的盔甲與盾牌一樣高潔，與之敵對令人恐懼，但與之並肩則充滿安心。

「沒關係啦。畢竟怎麼說都是對方不好，只是我也覺得妳做得太過火了。」

我不知道詳細經過，不過春乃和吾妻從國中時代開始就是好朋友，尤其是吾妻對春乃的感情超越了單純的友誼，更像是一種忠誠心。吾妻就是如此地重視春乃。

這種好朋友的關係，是一直以來被當成瘋子，或是被叫做怪胎的我所沒有的。

所以即使我覺得吾妻的怒氣爆發得太過頭了，也還是不全然認為她是錯的。

因為能夠這麼純粹地為他人著想，擁有這麼重要的人，是一件非常幸福的事。

就在我思考時，草太從門口「砰砰砰」地走來。他真的很大一隻，就算是平均身高的我，想要看著他的眼睛也會感到脖子痠痛。

「真是的。突然被那樣瞪著看，誰受得了啊。」

「……我沒有惡意。剛才忍不住失去理智了，對不起。」

對於坦率低頭道歉的吾妻，草太和我一樣都表示了理解。在收拾時，我忽然注意到原本像隻獨角仙一樣纏在草太手臂上的春乃不知所蹤。

「奇怪，草太，春乃呢？」

「喔，下一堂不是游泳課嗎？她因為……因為有**那個**，所以平常都會提早去換衣服。」

草太所說的春乃的那個，就是她被私下稱為菸疤女的原因。她不是因為看起來像不良少女有抽菸所以才被叫做菸疤女。

相反地，她對每個人都一視同仁，都能和善地來往，且關心每一個人。這次也是，我只是傳訊息說「吾妻生氣了」，她就明白一切，馬上趕過來。

只是，從她已經離開了的這點來看，就像草太說的，春乃當時正要去換衣服。只要知道她的**那個**，就會明白這是不得不的做法。這樣的話，是我在無意間拖住了她。

「我是不是做了不該做的事。」

我這麼喃喃自語，草太皺起了眉頭。

「怎麼了，仁？」

「沒有，沒事。」

最後我們三人將東倒西歪的桌子恢復原狀後，吾妻已經完全回到平常的班長架式，以幹練的口吻說道。

「謝謝你們兩個。下一堂體育課要在游泳池上課，不要遲到了。惹那個性騷擾禿驢生氣會很麻煩。導師竟然是那種人，我很同情春乃和雙葉你呢。」

直到剛才吾妻的怒氣都是對著三名女同學發作，但現在則顯露出她對蔑稱為性騷擾禿驢的體育老師的不滿。當然，這絕對無法怪她，但她在咂舌時真的很可怕。

就在這時，又聽見了竊竊私語。

「剛才的吾妻真的很可怕呢。」

看來另外兩人沒有聽見，所以我也就裝作沒有聽見。

沒想到接下來嚼的舌根，又是謠言。

「聽說她殺過人，該不會是真的吧？」

半開玩笑地笑著說出口的聲音，沉入了恢復平日常態的教室嘈雜深淵中。

「那麼，今天要做計時測驗。」

午休結束後，是多班合上的體育課。吾妻依然穿著制服，坐在鋪著藍色磁磚的游泳池邊，專心聽她嘲笑為性騷擾禿驢的體育老師睦月忠一說話。

「女生游自由式，男生游蛙式。沒有在規定時間內游完的人下週要補課。」

睦月老師搖晃著他中年肥胖的大肚腩這麼宣布。在同學們此起彼落的哀嘆聲中，睦月老師滿面油光的臉轉向了這邊。

「還有今天岸邊觀摩的一條和雪月兩位同學，除了平常的補課，下週還要上其他的補課課程。現在每個人先各自游一趟，第二趟開始計時。」

睦月老師說完後，原本成群的同學開始嘴裡念念有詞地小聲抱怨，邊走向各個泳道。我往人群的反方向走去，目標是設置在泳池岸上角落的觀摩者用遮陽棚。

「一、一條同學也是觀摩嗎？」

走到遮陽棚下後，和我同班且從國中時期開始就有往來的雪月菫正站在那裡。嬌小的身上穿著的不是泳衣，而是和我一樣的夏季制服，黑色長髮留到了缺乏起伏的胸口。

「嗯，我忘了帶泳衣。妳也是嗎？」

我回問後，菫像個嬌羞少女般摀著嘴哈哈地笑了起來。那是非常平凡，很有她風格的動作。

「今天早上有點睡過頭，匆忙出門時好像忘了帶。」

「是喔，我們都很衰呢。偏偏在做計時測驗時忘了帶泳衣。」

「就是說。不過呢，我游得很慢，應該最後還是要補課吧。」

我們兩人坐在遮陽棚下，在刺鼻的氯氣味中交談著。夏日豔陽下閃閃發光的游泳池水面三不五時濺起白色水花，每一次都讓我覺得風好像涼了一些。

「啊，是春乃。」

一直看著泳池的董，指向劃開水面，比旁人濺起更高水花的女學生。在她纖細指尖前方游泳的春乃，比其他同組的女同學還要快了一個人身，第一個碰到二十五公尺泳道的牆壁。

「春乃好厲害！」

董對著走上岸邊、白色泳帽下的咖啡色頭髮還滴著水的春乃拍手。

察覺到這裡的春乃，以炯炯有神的目光笑著走來。

「對吧？我啊，運動神經超發達的喔！話說你們兩個蹺掉游泳課，在這裡你儂我儂什麼啊？」

「我、我們才沒有你儂我儂！只是剛好都忘記帶泳衣而已。」

「真的嗎？」春乃壞心眼地笑著走向漲紅臉否認的董，在董的耳邊悄聲說了些什麼。說到一半，董原本就漲紅的臉頰越發紅潤，眼神開始四處飄移。

「妳說了什麼？」

「是什麼呢？女孩子之間的秘、密。哎呀，青春真是美好呢。你們好不容易兩人獨處，我這樣打擾太不好意思啦，我也要去找草太了。」

春乃揮著手向我們道別然後轉身。這時候可以看見她溼濡的學校泳衣背後有好幾個被菸蒂燙傷的痕跡。

這才是她被稱為菸疤女的原因。春乃小時候受到爸爸虐待，那些傷痕深深地烙印在她的身體與心裡。

事實上，她每走一步，就有好幾名同學的視線追隨著那些傷痕。即使不想看，也會自己映入眼簾吧。其中也有明顯露出不快表情的人。

不過春乃就像毫不在意那些視線般轉過頭，「對了。」

「剛才謝謝你告訴我，仁。」

她微笑的臉龐看起來非常柔和，滿懷慈悲。春乃並不只是開朗而已，她明白與痛苦的過往奮鬥的堅強與痛楚，因此擁有柔軟的心，是個思慮周到的人。

「我也要謝謝妳。妳有急事要做卻馬上趕過來了。」

她輕快開朗地笑了，這次真的往草太所在的方向走去。

我目送她遠去，對坐在身旁的董說：

「春乃很了不起呢。」

只是她沒有回應，我想著「發生什麼事了嗎？」看向她的臉，堇的臉紅得像熟透的蘋果，嘴裡彷彿含著糖果一樣喃喃自語著。

「兩、兩人獨處……要說點什麼才行……」

看來剛才春乃對堇灌輸的某些東西，正在她的腦中大肆破壞，摧殘著她。

「……妳還好嗎？臉好紅喔，身體不舒服嗎？」

我無法坐視不理，仔細地看著她的臉，「呀！」她尖叫著連連往後退。

「我、我沒事，沒怎樣，但是讓我思考一下！」

「思考什麼？」

我皺眉看著雙手撥弄及胸長髮遮住臉龐的堇。她從國中開始就有時候會像這樣天外飛來一筆，導致對話無法進行。因為她平常是個很平凡，很好聊天，不錯的朋友，所以反而讓人擔心。

然後，嘴裡依然念念有詞的堇臉上閃過忽然想起什麼的表情，開始比手畫腳地說了起來。

「一、一條同學，你對最近謠傳的神秘ＡＰＰ有什麼想法？就是可以改變過去的那個ＡＰＰ。如果真的有那種ＡＰＰ，你想改變什麼樣的過去？」

堇有點強硬地快速接連問道。針對她的問題，我吸口氣思考，然後回答。

「不知道。說是可以改變過去，但我也不知道要改變什麼、該怎麼改變才好。因為對我來說，過去的一切都是那麼理所當然。」

說完，堇帶著點哀傷地斂下雙眼。

「……說得也是呢，對不起。」

堇知道我以前被同學說是瘋子、怪胎的事。

「那妳呢？妳想改變什麼過去？」

我這麼一問，她皺起眉頭沉吟。

「嗯……我是個平凡的人……」

她有些自嘲地笑了。那是堇偶爾會出現的表情。

「不過如果真的可以改變過去的話，我想要成為更溫柔……更堅強的人。」

「這樣啊，真像妳會說的話。」

這麼回應之後，我再次看向游泳池。

大量的學生在水中來來去去地游著泳。人群井然有序地順著幾條水道往前划，感覺像是在看工廠的流水線一樣。

而我，就像被從一圈一圈的流水線中挑起的不良產品。倒不是因為忘了帶泳衣的關係，而是從過往至今的人生中一直有這樣的感覺，像是與他人之間有種疏離感。我想就算在同一個池子中游泳，我一定也會這麼看待自己。

雖然我也不知道該怎麼成為，但我還是說出了我想成為的人。

「如果真的可以改變過去的話……**我想成為普通人**。」

到了傍晚，學校課程結束。平常的話，我早就以叮咚噹咚的悠長放學鈴聲為背景音，筆直踏上回家的路了，但就只有今天，我還佇立在那機械性的鐘聲中。

原因很單純，我要查詢關於升學選擇的資料。現在已經是高二的夏天，是該認真思考自己未來的時候了。

既然如此，我前往的是位於操場附近的特別大樓三樓，杳無人煙的圖書館。

喀啦喀啦，我往旁拉開沉重的拉門，朝入口處旁邊的櫃檯打招呼。

「打擾了。」

「哎呀，這不是一條同學嗎？歡迎。難得看你在放學後過來呢。」

聽到我的招呼聲，年輕的學校圖書管理員谷津峯子老師從櫃檯後方走出來。一絲不苟的穿著和看起來不甚健康的眼周黑眼圈並不相襯，她一如既往地嚴重駝著背，腳步虛浮地走來，豐滿的胸前抱著好幾本厚厚的書。

「你來查資料嗎？」

「對，查一下升學相關的東西。」

「是喔，那都集中在時鐘前面的書架上。」

谷津老師以平常對待學生的親切微笑指著圖書館中央附近的掛鐘這麼說。

緊接著，一句沒大沒小的問句穿過圖書館厚重的拉門飄進來。

「峯子姊在嗎？」

那是活潑又開朗的聲音。對於發話的女同學，谷津老師克制地嘆了一口氣，原本就拱起的駝背顯得更彎了。

「三宮同學？請叫我谷津老師而不是峯子姊，要說幾次妳才懂呢？」

「啊哈哈，對不起，下次我會注意。哎唷，仁也在，真難得呢！」

那名女同學，春乃用著和平常一樣充滿活力的態度說道。

「幹嘛，你也來請峯子姊教你功課嗎？我不會把她讓給你的。」

春乃像是喜歡惡作劇的孩子般露出潔白的牙齒笑著，甩著手上的書包往我和谷津老師走來。些微曬黑的皮膚和咖啡色短髮在在都給人運動神經極佳的印象，再加上隨性穿著的制服，感覺就像會在止汗劑或相似產品廣告中出現的人。

「我是為了其他事而來。話說妳才是，真的想念書的話叫吾妻一起來不是更好嗎？她可是全校第一名。」

「嗯～不行啦。結衣她啊說『我要先熟讀到萬無一失』直到考試前一週，所以不肯教我。草太也有社團活動，而你是男的，草太不在的時候和你兩人獨處不太好吧？我的救命繩索堇也說她已經有事了。」

春乃雙手交握在頭部後方這麼說道。然後撲到站在旁邊的谷津老師身上，將臉埋進她豐滿的胸口，發出貓咪撒嬌的聲音。

「所以拜託妳嘛，峯子姊。這次是真的慘了！我下次請妳喝飲料，拜託啦！」

「喂喂喂，放開我，三宮同學。妳不用這樣我也會教妳的。」

「太棒了！峯子姊人超好。胸部又大，我要是男的絕對會把妳。」

春乃愉悅地說著，總算放開了谷津老師露出笑容。另一方面，谷津老師則是一臉疲憊地拉整被弄亂的花朵圖案襯衫，重新抱起原本拿在手上的沉重書堆。

「真是的，每次和妳在一起就會比平常還要累三倍。我都還沒整理好歸還的書呢。」

「妳只是體力不足啦。必須更常運動！」

春乃走向櫃檯旁的還書用書架，從中抽出幾本，確認書本背面的書架號碼。

「呃，只請妳教我不太好意思，不然我來幫忙整理這些書吧。」

「……而且書沒整理完谷津老師也沒辦法教春乃。」

我這麼小聲說完，春乃忽然以別有深意的表情笑了，將手上小山堆的書遞給我。春乃也不管書有多重，我差點弄掉了好幾本，她「砰」地拍著我的肩大聲吆喝。

「好啦，加油，瘦皮猴！既然你都在這裡了，我就好好鍛鍊你那弱雞體能。」

「妳這樣根本只是在利用我而已吧？」

「還很有力氣喔。要我再多加一倍的書嗎？」

春乃作勢要去拿其他歸還的書地看著我。我敗給她說的話及表情，跟著開始幫忙把書擺回書架上。

她就是這種強勢的人。要是繼續順著她的意思走，我大概也會被扯進她和谷津老師的讀書會之中吧。不過，春乃就是有這種個人魅力，讓人只能舉手投降。

她真的是個好人。

我不經意看向窗外，可以看見棒球社正在操場上訓練。

看得見草太就在那裡。即使從遠方看過去也清楚可見的健壯身軀，比其他人都更熱忱地努力練習。我看了看春乃，她也正望著草太。今天她大概也會等到草太訓練結束吧。

真的是，感情很好的一對呢。

# 第二章　三宮春乃

好睏。

雖然是我自己拜託峯子姊的，但一教到什麼方程式該怎樣怎樣的，我真的無法理解。因為這樣，數學的題目本進度只有一點點。當然這不是峯子姊的教法不好，單純是我注意力的問題。

我本來就沒辦法專心在念書這件事上。再說得更詳細一點，是沒辦法一直待在同一個地方不動，只要坐著做一件事，我就會像被看不見的枷鎖或類似的東西綑綁住，很有壓迫感，很痛苦。所以從小學開始，我就常常在課堂上到處走動，因此被老師罵，而在更小的時候，我還因為對很多東西很好奇，而把手指插進插座導致觸電，或是把掉在路邊的石頭吃下去結果弄壞肚子。

我自己也覺得自己是個怪小孩。因為如此，每次我做出怪事，或者說是壞事時，爸爸就會將菸蒂捻在我的背上。

好痛，好燙，不管我怎麼哭喊，爸爸都說是我的錯。

無論媽媽再怎麼阻止，爸爸還是不肯停手。

然後，爸爸嫌吵，於是開始對媽媽動手。

所以，我必須成為一個乖孩子，這也是為了媽媽好。

啊——我必須振作。

「春乃？」
「呀！」
意識朦朧之間突然有人叫我，讓我忍不住大喊出聲。
「妳還好嗎？我看妳好像在打瞌睡。」
聲音是從旁邊座位傳來。我揉著睡茫的眼睛，等意識清醒之後，出聲叫喚我的仁輪廓便鮮明了起來。
他沒有任何一項身體方面的特徵值得拿出來書寫一番。硬要說的話，就是頭髮有自然捲吧。就算看過他的臉，只要移開視線，馬上就想不起來他長什麼樣子，他就是這樣的相貌。
然而，這只不過是乍看之下的印象。和他交談時，因為他太過淡然，真的只是有時候，很偶爾，會不知道他在想什麼，而覺得可怕。
現在就是那樣的時候。雖然嘴裡說著擔心我的話，但剛睡醒的我和他四目相接，卻覺得好像被無生命的玩偶盯著看一樣，感受到一股寒意。
但是！我心裡想著甩了甩頭。我明白仁的為人如何。乍看之下存在感很低，一旦開口說話有時又讓人覺得可怕，但他的本性其實很直率很為朋友著想。
「啊、啊哈哈……對不起喔，明明是我要求你教我的，這樣很糟吧。」

我搔著臉，這麼回應個性有點神奇的仁之後，視線偷偷地瞄了一眼在場的另一個人。

結果那另外一個人、坐在我正對面的峯子姊，無奈地嘆了口氣。

「真是的，三宮同學，怎麼可以不專心呢。」

「哎呀，嘿嘿嘿，對不起嘛。我本來很有幹勁的說……那，所以剛說到哪一題？」

「這裡的問題三啦。妳看，這裡的公式……」

峯子姊正要接下去說時，圖書館喀啦喀啦的開門聲蓋住了她的說話聲。

受到聲音吸引的我不經意抬頭一看，入口處站著一名我見過的白衣男子。他戴著深黑色的黑框眼鏡，看起來很聰明且認真，但四處橫生的鬍渣恰到好處地讓他那股頑固古板的感覺柔和許多。

我看他一走進圖書館，就往櫃檯探過頭去，忍不住出聲叫喚他。

「哎呀，這不是勇哥嗎？你怎麼來了？」

結果勇哥嚇了好大一跳。甚至有些慌張。舉止可疑，總覺得不對勁。

不過他一轉過頭，臉上的表情與其說是慌張，更像是放下心來，我忽然明白了。

這跟某個傳聞有關。

「喂，三宮，我說過好幾次了吧。要稱我為七濱老師。」

勇哥似乎沒有察覺到我的恍然大悟，他努力表現出受不了我的樣子，同時往坐在圖書館內側座位正在念書的我們走來。

我再次偷瞄了一眼坐在正對面的峯子姊，結果她也正看著勇哥，一臉放心，不，更正確來說是一臉入迷的表情。

沒錯，那個傳聞的內容，就是很受學生喜愛的這兩位老師，是不是私下在交往。

「啊哈哈！勇哥和峯子姊說了一模一樣的話呢！」

我起鬨地這麼說完，勇哥和峯子姊同時有些臉紅了起來，不過該說他們不愧是大人嗎？兩人馬上恢復了平靜。

「三宮同學，現在還是讀書時間。集中妳的注意力。」

畢竟是不習慣發脾氣的峯子姊，雖然很努力裝扮得有老師的威嚴，仍無法隱藏性格中的和善，就是這一點讓人很容易親近。

「那我們休息一下吧！妳看，難得勇哥也來了……應該是有事才會來圖書館吧？啊，難道是蹺班？」

「怎麼可能。」

勇哥雖然這麼回嗆我，但卻一副難以啟齒的樣子。我會這麼說是因為他不時地看向我和仁，欲言又止地說些「嗯……」或「那個，怎麼說……」之類的話。

「您是來找谷津老師的吧？我們接下來是休息時間，請不用顧慮我們。」

這句話實在是太直接了，連我都嚇了一跳。仁雖然某些部分很敏銳，但基本上情緒的起伏，或是說情緒本身有些疏離，對於這種戀愛情事，我一直認為他可以說是遲鈍的。他至今仍未察覺堇從國中開始就單戀他的心意，這一點正印證了我的想法。

「欸？一條，為什麼這麼說？」

「為什麼……因為剛才七濱老師進來時，看起來像是往櫃檯的方向找人。」

或許是被說中了，勇哥稍微沉吟了一下，低頭看峯子姊。

「那可以……借用一點時間嗎？」

「啊，好、好呀……」

勇哥很有耐心地等待有些緊張地站起身的峯子姊，之後兩人一起走到圖書館外。從後方看著他們的背影，果然有著似乎很親密，但又帶著生疏的複雜感覺，前面說的那個傳聞讓我心中一熱。

於是我愛看熱鬧的個性被激起，硬是拉著坐在隔壁的仁的衣袖站起來。

「很好，非常好。仁，我們過去吧。」

「等等，突然發生什麼事呀春乃，是要去哪裡？」

「當然是去偷看呀。」

「……偷看？」

「你也知道那個傳聞吧？好啦，快點。」

不知該說他是無論何時都處變不驚，或者是說很有自己的節奏，我拉著發愣的仁，匆忙趕到圖書館靠走廊那側的窗邊，就看到剛好走到連通廊道附近的兩人正狀似親密地在交談。

也許是兩人獨處的關係，峯子姊和勇哥以相當放鬆的態度在交談。身為一個非常喜歡花邊新聞的青春年華女高中生，從沒想過能親眼看到如此火熱的八卦現場，臉上忍不住堆滿了笑容。

但是說到在我隔壁皺著眉頭的仁，他似乎到現在還沒辦法跟上狀況。

「什麼傳聞？」

「聽說是現在最熱門的話題。啊，牽手了！牽手了！呀！好浪漫……不，好像只是給她什麼東西而已？」

我丟下與仁之間的對話，呼吸短促地偷看著兩人。勇哥伸出手，看起來像是握住了峯子姊的手，但似乎只是拿東西給她而已。只不過我看不到他給了她什麼東西。

「嗯……是什麼東西呢？你那邊看得到嗎？」

「不知道……不是很清楚。」

不是受不了，也不是疑惑，仁依舊很平淡。一如既往，是個有著神奇氣場的朋友。

正當我這麼想時，他突然壓低了聲音。

「那妳說的傳聞……是指那個神秘的APP嗎？」

仁的聲音調性與平常不同，我興奮的情緒瞬間冷卻下來，大吃一驚。我回頭一看，他那偶爾會出現的，不知道在想什麼的漆黑眼瞳就在身旁。

「咦？呃，什麼？我是在說有關他們兩人的傳聞……」

該不會是我太過任性妄為而惹怒他了吧？不過我從沒看過那個穩重，或說是缺乏情感的仁生氣，也無法想像，因此更加感受到無法捉摸、類似陰沉的氣息。

當我因驚訝而內心退縮時，仁馬上以平常的態度說。

「是喔，那沒事了。他們兩人有什麼傳聞？」

仁若無其事的樣子，彷彿前一秒的態度沒有任何異常，讓我感到疑惑。是我的錯覺嗎？我帶著疑惑在腦海中搜尋回應。

「就是大家都在猜峯子姊和勇哥是不是在交往。你不知道嗎？」

「他們嗎……嗯，我沒聽說過。」

再次看向連通廊道方向的仁，和平常一樣。但我還是無法忘記剛才從仁身上感受到的，如同異樣預感的東西，因此忍不住思考。

——神秘的ＡＰＰ……是什麼？

和仁不一樣，我反而不知道這個傳聞。雖然他這麼一說，我確實是覺得似乎曾在哪裡聽過這個名字，但也頂多如此而已。

不過我沒有勇氣當面詢問仁。我甩甩頭轉換心情，為了重新燃起剛才看熱鬧的心情，我使盡全身之力。

「那你怎麼看他們兩個？」

我這麼一問，他微微蹙起了眉回答。

「嗯……他們都是很好的老師。谷津老師看過很多書，知識很淵博，我聽說她常常聽學生訴說煩惱。七濱老師的課很好懂，身邊總是圍著學生，感覺很好親近。」

「不是啦，那個，怎麼說……我不是要問這個，是更男女之間的。」

「男女之間……？」

聽到他的低語，這場不在同一個頻率上的對話讓我忍不住快要昏倒。撤回前言。本來還以為仁開始對談戀愛有一點興趣了，沒想到一切都是我的誤會，他果然還是毫不在意這方面。

「啊，嗯，仁果然是這樣的人……」

我輕聲說完，這時仁一臉喉嚨卡住，陷入沉思的表情。

「……我是不是哪裡不正常？」

和剛才的他不一樣，我看著這次變得垂頭喪氣的仁，再度感到驚訝。因為我沒看過仁生氣的樣子，但也幾乎沒看過他沮喪的樣子。

所以我的內心焦急了起來，這次真的說錯話了。

「完！全！沒這回事！那個，我覺得你的優點，就是無論什麼時候都處變不驚！今天午休結衣生氣時你也馬上找我過去，去年游泳池那件事你不是也出手幫了我嗎？就像這樣，在緊急時刻很可靠！所以，我真的完全沒有不好的意思喔！」

我一口氣說完，仁愣愣地點了點頭。

「是嗎……謝謝。」

他似乎有些放心了，讓我再次鬆了口氣放下心中的大石。就像我剛才說的，我們在去年的游泳課認識，剛好即將滿一年，但就只有仁，我還不是很瞭解他。

當然他不是壞人，我很清楚這點，不過就是他某些地方讓我覺得很神奇。

正當我想著這些事時，瞄到了連通廊道的那兩人正在道別。

「糟糕，她要回來了！快回座位，仁。」

我用力地推著他，催促他回到座位去，結果他一臉老實地問我。

「春乃，為什麼妳對戀愛這麼有興趣？」

他果然在任何情況下都維持著自己的節奏，我嘟起嘴回答茫然詢問的他。

「我們這種年紀，一般都對這種話題很有興趣吧！」

「一般……」

我總算是將一副心不在焉的仁推回到座位去，自己也喘著氣坐下。幾乎就在同時，圖書館的門打開，峯子姊走了回來。

接下來讀書會再次開始，即使我無法立刻集中精神，也想辦法握住筆，努力轉動腦筋。

可是過了不久，「叮」的一聲，新訊息通知的電子音效從我制服口袋中響起。

「三宮同學，怎麼沒有確實關掉手機的電源呢？」

「啊哈哈，對不起。」

我雖然故作搞笑地回應峯子姊，但在滿臉的笑容之下是訝異。在學校時，我總是會關掉通知音效的。於是當我想關掉電源而從桌面下拿出手機時，畫面映入我的眼簾。上面顯示了一則沒有看過，無字且染血設計的橫幅標誌。那是光看就讓人毛骨悚然，噁心想吐的不愉快配色。但不知為何，視線卻離不開它。

——這是什麼？

我充滿疑問地按下橫幅標誌，解除鎖定後轉換成一片漆黑的畫面。只是畫面中並非沒有任何東西，而是彷彿帶著裂紋的樹幹般的黑色背景，中間有個空無一物的沙漏形狀。

然後，畫面下方有著一行類似註解的說明。

**有關本APP的事，絕對要保密。**

一年前，升上高中後第一次的游泳課。

「那是什麼？不覺得很噁嗎？」

「背上全都是一點一點的，是菸疤嗎？」

「光看就覺得好噁心。這種的我不行。」

那是課堂開始前的些許空檔，大家都換好衣服，往游泳池邊聚集。但即使是這麼一點點的空檔，也足以讓人溺斃。

實際上我的確逃不開周遭如大浪般注視著背後的惡意目光，只能低著頭，彷彿連呼吸都受到責備，感受到即將窒息而死的痛苦。

「春乃，妳為什麼要換泳衣……」

這時候，我最要好的朋友、隔壁班的結衣，從站得遠遠地盯著我看的那些人之間飛奔而出。

她一臉擔心焦急。當我痛苦的時候，結衣總是這副表情。

「啊，結衣。哪有為什麼，要上課當然要換泳衣啊。」

「就算是這樣妳也不需要勉強自己。國中時不是都請假嗎？」

「可是教體育的睦月老師說『又不是受傷那就可以游泳吧』。反正我很喜歡運動，想說游泳也不錯吧～」

笑容是我的專長。過去也曾遇到很多痛苦或是傷心的事，但只要露出笑容，總是能馬上轉化成開朗的心情。

像是媽媽不再向我道歉。

附近的鄰居也不再一看到我劈頭就問：「我剛聽到怒罵聲，妳還好嗎？」

只要我一笑，大家就會露出放心的表情。

所以這次也是，只要我笑著，一定也會順利度過。

「那妳為什麼在發抖？」

但是我的好朋友，一眼就看穿了一切。並且立刻將手上的浴巾披在我肩上，隔著浴巾緊緊抱住我。

溫柔、溫暖，讓我忍不住回抱了她。我將臉埋在她的肩頭，總算感覺能夠呼吸了。

「對不起，結衣。我好像太勉強了。」

「妳每次都太勉強自己了。快點去更衣室吧。」

結衣仍舊抱著我，走向游泳池附設的水泥更衣室。在這期間來自周遭的視線依然沒有消失。

然後，在那些視線的另一端，傳來粗重又可怕，某個老師的聲音。

「喂，妳們要去哪裡？馬上要開始上課了。」

我和結衣同時回頭一看，站在那裡的是肥胖且有著明顯啤酒肚的體育老師睦月忠一。

「……老師，你為什麼要求春乃上游泳課？」

結衣瞪著長在滿是油光的禿頭下方發黃的眼睛，低聲問道，但睦月老師以毫不在乎的樣子說：

「什麼為什麼，學生出席課堂不是天經地義的事嗎？哪個老師會同意學生蹺課？」

「什麼蹺課，春乃是有特殊情況。她應該和老師商量過了吧？」

「有啊，不過沒有親眼看到我哪知道是什麼情況，可是三宮又不願意脫衣服，所以我也沒辦法啊。我可不是那種會允許學生沒有正當理由蹺課的瀆職老師。」

睦月老師就像童書中會出現的壞人一樣散發出惡臭的氣息。面對這種明顯的壞蛋，結衣的眼中布滿了想把對方生吞活剝的怒氣。

「你這個性騷擾禿驢。」

四周一片寂靜。結衣太過直接且具攻擊性的言語，就像刀劍或長槍一樣銳利，其他的學生彷彿被兇器抵住喉嚨般不敢吭聲。如此可怕的怒吼，現在卻比任何東西都更可靠。

「……妳、妳說誰？該不會是在說我吧？」

接續應答的睦月老師也以讓人嚇得發抖的可怕暴力言語回敬。感覺他的危險程度非比尋常，我瞬間往後退，結衣馬上站到我身前護著我。

「連話都聽不懂，簡直就像山裡的猴子。下山跑來這裡是想做什麼呢……啊啊，該不會連這句話也聽不懂吧？」

結衣喉頭發出聲響，重新吸了一口氣之後，彷彿要發洩埋藏在全身的激昂般怒吼出聲。

「我叫你滾，王八蛋！」

「妳這傢伙再說一次！」

簡直就像威力強大的炸彈接二連三爆炸一樣。回以怒吼的睦月老師想過來抓住結衣，卻被連忙介入阻止的幾名男同學給擋了下來。

我再次抓住完全氣血上湧的結衣的手。

「結衣……好了啦。我沒有關係。」

「為什麼！為什麼妳要為了那種人渣不得不忍耐！妳根本沒有做錯事呀！」

充滿情感的一句話，彷彿掏心掏肺在吶喊。結衣以內心深處奔流的情意，用力地回握我想要勸阻的手。因此，流遍她全身如同血液熱能般的東西強而有力地傳達給我，讓我不禁想要依靠她，而不是阻止她。

我沒有做錯事。代替我這麼吶喊的好友的那句話，是多麼地可靠。

接著結衣毫不退縮地大罵。

「像你這種不懂他人傷痛的人快點去死一死！最好是下地獄，在針山上和其他的人渣一起互丟大便！」

有如單方面痛毆的咒罵實在太過激烈，結衣的話反而讓睦月老師更加怒火中燒，他推開周圍的學生，肥胖的巨大身軀橫掃而來。

「結衣，快逃！」

我拉著結衣的手，她卻頑固地繼續瞪著睦月不願離開。然後在睦月老師接近，就要一拳揍向結衣時，說時遲那時快，比在場的任何人都還要高的平頭男介入了兩人之間。

必須抬頭仰望的健壯背影，一個人就擋下好幾名男同學都無法制止的睦月老師的身軀，並將他推落旁邊的游泳池中。

「各位，請冷靜下來！」

沒有錯過睦月老師掉進游泳池裡的那一瞬間，和結衣同班的棒球社男孩雙葉草太這麼說。

睦月老師從雙葉同學身旁，比岸邊矮了一階的游泳池中露出臉來，抬頭瞪著推落自己的平頭男。

「喂，雙葉！你把老師推進游泳池裡是想幹嘛？」

「是我說的。『老師看起來很熱，不如讓他涼快一下吧。』」

回應睦月老師大吼的人，是從雙月同學身後忽然冒出來、有著自然捲的男同學。他的身材中等，沒有特殊記憶點，但卻帶著隱約與周遭不同的氣場在睦月老師跟前蹲下。

「您是因為太熱了所以才很浮躁吧？」

「蛤？你說什麼？」

「喂喂，這是在吵什麼？已經開始上課了喔？」

就在睦月老師話說到一半的瞬間，另一名負責授課的體育老師分開學生人群現身。從他汗涔涔的額頭來看，是急忙趕過來的。在他的身後，和我同班的雪月菫一樣滿身是汗地站在那裡。看來她早一步預料到會有一場騷動，所以帶了其他老師過來。

一看到體育老師和菫，自然捲男同學站起身，瞥了一眼游泳池內的睦月老師。

「對不起，因為睦月老師說天氣太熱，不用等到上課時間開始，趕快先進去游泳池內，所以大家都很高興。」

男同學一臉沉靜地這麼說，再次看向睦月老師。接收到他的眼光後，本來怒氣沖天的睦月老師無可反駁地緊閉嘴巴。自然捲男同學的眼神和結衣不同，具有如此不由分說的說服力。

「原來是這樣啊。嗯，天氣確實是很熱，不過還是需要暖身運動。你們快點排好隊！」

不知道事情經過的體育老師大聲下達指令，同學們小聲嘈雜地開始聽從指令。不過我因為剛才恐懼的餘韻以及過於突然的相助，只能呆立在現場。

「發生什麼事了？」

「……不知道？」

就連原本怒不可遏的結衣也感到困惑，從怒氣中回過神。自然捲男同學為了排隊而從一頭霧水的我們面前經過，我不禁出聲叫住他：「等一下！」

「呃，那個，謝謝你幫我。」

我這麼說完，自然捲男同學以不會讓人留下印象的面無表情回頭。

「我沒做什麼……草太，來一下。」

「怎麼了，仁。」

「她好像有話要說。」

被稱為仁的男同學看向我。

「想道謝就和草太及堇說吧。畢竟阻止睦月老師的人是草太，幫忙叫其他老師過來的人是堇。」

「欸，不是，我不需要什麼道謝啊。」

對於立刻這麼說的雙葉同學，仁同學很直接地提出疑問。

「為什麼？」

「因為，那個……」

吞吞吐吐，然後也許是為了隱藏害羞，雙葉同學以和剛才壓制周遭時完全不成比例的微弱聲音說。

「在那種狀況之下，正常來說不管是誰都會出手相助吧。我只不過是做了理所當然的事而已。」

真的是很微弱的聲音。但是他的話卻比任何怒吼都還要鮮明地留在我耳邊，熱氣從心臟附近開始漸漸擴散到臉頰，我不禁低下了頭。

接著剛好，傳來了後來出現的體育老師的呼喊聲。

「喂，快點排隊。」

「慘了，快走吧，仁，吾妻，還有……」

面對看著我的雙葉同學，結衣像是想起剛才的煩躁般回答。

「她就不用了，有些私人原因。之後我會再跟老師說明，好啦，妳快點去換衣服。」

結衣以特別顧慮我的說法，溫柔地輕推著我的背後。

但是我卻止步不前。總覺得內心如火焰般燃燒的東西，將剛才的苦澀都燃燒殆盡，心情變得很輕鬆。結衣傳達給我的溫柔熱能，以及對雙葉同學不可思議的情感鼓勵了我。

「不，我也要游泳。總覺得渾身發熱，而且……」

我將肩上的浴巾還給結衣，她擔心地回望著我。不過，有她這樣的眼神就夠了。

雖然我還是感覺到眾多帶著惡意的視線緊盯我的背後，即使如此，其中依然夾雜著善意，雙葉同學他們已經證明了這件事。

所以這一次我一定要堅強，我綻開了笑容。

「我沒有做錯任何事。謝謝你們。」

指尖簡直就像凍僵了一樣。

圖書館裡的讀書會結束後，我道別了仁和峯子姊，四周已經完全暗了下來。校門前排列在街邊的路燈彼此間隔遙遠地照著柏油地面，另一個方向的紅綠燈，明明沒有人，卻依然規律地亮起紅燈及綠燈。非常安靜，卻有些陰森。

當然，平常我根本不會害怕。我常常等草太社團活動結束，不過他比任何人都更熱中於自主練習，所以等到這個時間是常有的事。雖然說是杳無人煙，但畢竟是校門口，至少學校大樓裡還有老師們在。照理來說根本不需要害怕。

只是今天格外不同。

——這就是……仁說的神秘ＡＰＰ嗎？

緊握在胸前的手機顯示出驚悚的那個畫面。在圖書館讀書時，突然響起訊息通知，憑空出現了奇怪的ＡＰＰ。那時候因為太毛骨悚然了，我馬上關掉手機電源，但一個人獨處時還是忍不住好奇。因為這樣，害我現在指尖凍得跟冰塊一樣，心中充滿了恐懼和困惑。

首先，神秘的APP是什麼？APP下方依然存在的「有關本APP的事，絕對要保密」這句話，保密這個詞讓我很在意。所以我腦中才會閃現仁提到的APP，但是我返回主畫面確認過這個陰森的關鍵APP，上面沒有名稱也沒有任何文字，只有空無一物的沙漏圖示單獨顯示在畫面上。

是說，我再繼續操作畫面是沒問題的嗎？我突然冒出了這樣的想法。這個陰森的APP就像點入奇怪的網站時會收到的詐騙帳單一樣，感覺還是不要隨便點按比較好。

想歸這麼想，眼睛還是離不開顯示在APP畫面左上方，寫著「教學」的紅色書本圖示。除了畫面左上方的圖示之外，就只有下方的說明以及中間巨大的空沙漏，不管怎麼按說明和沙漏都沒有任何反應，因此讓我更在意書本圖示了。

——教學是指什麼？完全搞不懂。

因為無法理解而湧上如同厭惡感的情緒，讓舌根漸漸乾燥了起來。當我猶豫再三，終於要伸手按下那個教學的圖示時，就在這一瞬間——

「久等了，春乃。」

「哇啊！」

從校門內側走來的草太出聲叫我，我反射性地尖叫出來。然後迅速將手機收進口袋，同時轉過身，仰頭看著親愛的他的臉。

「啊，喔，草太，今天真早。」

「是嗎？我覺得跟平常一樣啊。」

草太直接穿著練習時的T恤，用掛在粗壯脖頸上的毛巾擦拭著額頭上的汗。總是熱中於練習的他，今天也是竭盡所能地訓練一番了吧。夏季甲子園的預賽即將開始，讓人更想為他加油。我們學校雖然不是名門棒球強隊，但草太仍在二年級就成為王牌，每一次都是全力以赴對待棒球。

「今天也辛苦了。」

我希望成為這樣的他的支柱，所以總是準備親手製作的點心。我打開書包，拿出保冰袋，打開裝在裡面的容器。容器裡用蜂蜜醃漬過的檸檬片正閃閃發光。白天時我纏著家政課的老師，讓我冰在冰箱的角落，所以即使這麼晚了也依然冰涼透頂。

「今天是檸檬啊。」

「我想說夏天這類食物應該不錯。」

我們肩並肩走在回家的路上，看到草太吃下我做的點心，就克制不住地微笑。一年前，他和仁及菫出手相助，還有結衣替我發聲，真的救了我。總覺得有大家在身邊，我的內心就很平靜，光是這樣就讓我很開心了。

如果可以永遠和大家在一起，該會有多麼幸福呢。

「對了，妳剛才好像專心在看什麼，在幹嘛？」

草太咬著切片的檸檬，一邊像是突然想到似地問。他是在說他出聲叫我時，我嚇到尖叫的那時候吧。這麼一想，那個陰森的ＡＰＰ又回到腦海中，感覺好不容易感受到的幸福開始逐漸淡薄。

「沒有，那個……有點事。」

我覺得很難解釋，含糊回答後，草太皺起了眉頭。

「幹嘛，是不能跟我說的事嗎？」

草太的語氣有些強硬，我忍不住搖頭。

「才、才不是。不是不能跟你說的事，而是對任何人都很難解釋，類似這樣的感覺。」

草太在大家面前看起來很沉穩可靠，但是兩人獨處時，就會像這樣有點可怕。但是，這都是我不好。是我經常冒冒失失、情緒性、像個小孩子，還常常粗心大意的錯。因為草太真的是個很溫柔的人。

在那之後草太沉默不語，大步往前走去。這股微妙的沉默就像緊緊貼在肌膚上一樣沉重。和以前爸媽還沒離婚時，爸爸在家裡大發脾氣後，我和媽媽都無法輕易開口時的氣氛一樣。
一想起往事就讓我無法忍受，我忽然開口。
「那、那個，草太，你知道神秘的ＡＰＰ嗎？」
他瞇起雙眼停下腳步。
「啊，妳說那個傳說中可以改變過去的ＡＰＰ嗎？」
他那俯視著我瞇起的銳利雙眼總覺得很可怕，我不禁屏住了呼吸。但我仍想著必須繼續對話，所以勉強往下說道。
「咦、欸，有這樣的傳聞啊。」
「妳不知道嗎？」
我點頭回應他的問句，他嘆了口氣繼續說。
「然後呢？神秘的ＡＰＰ怎麼了？」
他這麼詢問時，我的腦海中剛好閃現那個陰森的ＡＰＰ下方顯示的「有關本ＡＰＰ的事，絕對要保密」這句話。
但是，反正那只是傳聞，比起這個，還是草太比較重要。
「啊，啊哈哈，其實今天啊，我的手機突然被安裝了很像那個的ＡＰＰ，我剛才也只是在看那個而已。可是你想啊，我又不知道那個傳聞，總覺得很可怕，所以才很難開口。」

我努力露出我擅長的開朗笑容這麼說，希望能讓氣氛稍微緩和一些。

但是和我的預想相反，草太的表情變得更兇狠了。光芒從他單眼皮的眼睛中迅速退去，魁梧健壯的巨大身軀就像變成了雕像般一動也不動。

這個樣子看起來好像他的情感，或說人性的良善與溫柔消失了一樣，我反射性地防備起來。

「草、草太？」

我呼喚著他，過了一會兒，他才緩慢黏滯地對上我的眼睛。

「可以讓我看看嗎？」

「咦？」

「我說，可以讓我看看那個APP嗎？」

我顫抖著抬頭看向態度明顯與平常不一樣的他。

「怎、怎麼了，草太？你好像，有點奇怪。」

我沒有多想，用手按住放在裙子口袋裡的手機意圖保護它。我總覺得不能照草太說的做。

但是，他將手放在這樣的我的肩膀上，說道。

「別廢話，給我看就對了。我很在意那個傳聞。」
然後他在抓著我肩膀的大手上，毫不留情地加重了力道，並再次說道。
「快點，給我看。」
他的聲音太過冷酷無情又可怕，我不禁拿出手機遞給了他。
接著草太一把搶過我的手機，像是被怪物附身般，眼睛眨也不眨地盯著畫面。
已經不只是指尖了，整個身體彷彿凍到骨子裡。因為過度恐懼與困惑，我看向了四周，但時間已經太晚了，果然沒有其他人。只有沉重的陰暗黑夜像是牆面一樣包圍著我們。我覺得自己無處可逃。
「草太，你怎麼了？你真的有點奇怪，很可怕。」
草太對我來說，既可靠，又是幫助過我的恩人，我們深愛彼此，是重要的另一半。我打從心底相信他，只要他持續努力，我也會盡我所能地為他加油。
換句話說，害怕他的這種感覺只是一種錯覺。都是那個陰森的ＡＰＰ害我變得過度神經質，一定是這樣沒錯。
我屏住呼吸，舔了舔乾燥的嘴唇，內心抱著微小的期待再次抬起頭。
那時我看見了他的表情，實在太令人無法置信，我只能驚愕地不知所措。
「為什麼……」

然後他的眼神，緩緩地，從手機畫面滑落到我臉上。

「為什麼，你在竊笑？」

# 第三章　吾妻結衣

我做了夢。那是遙遠過去的夢。平常應該被不斷累積的新記憶擠壓消失的那幅情景，卻留在我的海馬迴深處。執掌記憶的那個大腦器官，被塗刷上了厚厚一層大紅色的鮮血。

「爸爸、媽媽。」

年幼的我對躺在眼前的至親呼喊，然而已經冰冷的他們沒有任何反應，已經成為了單純的肉塊。我在他們身上疊上一路拖行而來的三十多歲男子的屍體，同時不小心弄掉了手上緊握著的沾滿血的菜刀。

「我殺掉他了，我有聽話殺掉他了，這樣你們就不用再生氣了。」

我的聲音充滿困惑，過於缺乏現實感的眼前景象，以及無法完全接受自己剛才所做的事，因此聲音如同虛幻般飄渺。而這樣的聲音，滴答、滴答地落在了殺害雙親的強盜屍體身上。那可恨的傢伙殺了媽媽，與激昂的爸爸搏鬥之後想要逃走，但卻被躲在暗處的我給輕易殺死了。

「爸爸，媽媽被殺死之後你跟那個人說『我要殺了你』對吧？媽媽，妳每次都叫我『要聽爸爸的話』，我有乖乖聽話照做，我有聽話殺了他。」

年幼的我想要逃避現實，眼睛裡浮出淚水，沿著臉頰流下。然而會為我拭去淚水的溫柔雙親已經不在世上了。明明就在眼前，卻不在這個世上。

不僅如此，沿著下巴滴落而下的淚水，在我的腳邊與噴濺而出的鮮血混為一體。我再也站不住，忍不住跌坐在地，手腳都沾上了濃稠的血液。滲入指間的血液厚重黏膩，感覺不論怎麼洗都洗不掉。

這就是，我的日常染上一片鮮紅的瞬間。

早上，鬧鐘的鈴聲刺耳地響起。被那聲音喚醒的我打開緊閉的窗簾，為一人居住的狹小公寓一室帶來陽光。

「……好渴。」

我脫掉因為睡夢中汗溼令人不舒服的睡衣，戴上矮桌上的眼鏡後走向冰箱。就這樣穿著一件內褲，將從冰箱中拿出來的綠茶倒入洗臉檯上的杯子，但是一看到液體流動的景象，剛才在惡夢中見慣的鮮血觸感，又鮮明地復甦。

手上的杯子立刻落下，「砰」地碎裂一地。

「……糟透了。」

我已經沒有心情吃早餐，迅速收拾好杯子的碎片，洗臉刷牙，換上制服。

沒有任何值得一提的事，是和平常一樣，無趣的早晨。不，我做了惡夢，所以是比平常更無趣，爛透了的早晨。

我煩躁地抓起書包，最後拿起放在桌上的手機。

然後按下畫面，鎖定中的畫面出現染血的橫幅標誌。

確認這個神秘ＡＰＰ，正是和平常一樣，無趣早晨中規律行程的最後一個。

我以熟練的動作操作手機，低頭看顯現出來的神秘ＡＰＰ畫面，第一眼看到的，就是顯示在正中間的沙漏。雖然說是沙漏，不過這個ＡＰＰ的沙漏可不是普通的沙漏。

裡面所裝的紅色沙子的量，每天都會增加一點點，真的是一點點，認真算大概是一粒或兩粒的量。而我原本空無一物的沙漏，現在已經累積了大約一半的沙子。

「不能再增加快一點嗎？」

我受不了地喃喃自語，按下畫面左上角的「教學」圖示，閱讀上面的文字。

# 教學

## 其之一

必須達成比他人更好的未來，並累積時間。累積的時間多寡可以在主畫面中確認沙漏內沙子的數量。

## 其之二

擁有APP的事必須絕對保密。如果被他人發現自己持有APP，你就有可能從這個世界上消失。

## 其之三

你無法離開APP。APP內會保存只屬於你的時間，並在你身旁不斷更新你的時間。

## 其之四

一旦時間累積到填滿整個沙漏的量，就必須改變過去。每一個沙漏只能改變一個人的一項過去。

這些內容，每一字每一句，我都已經熟讀到幾乎能夠背誦了。只是不管閱讀幾次，都有一些無法理解的部分。

每一條我姑且都能夠推測背後的原因。例如關於第一條，雖然比他人更好的未來很籠統，不過只要在考試中取得好成績，或是擔任班長，就能夠累積時間。或許和他人競爭，或是獲得類似有限的名額之類的東西也是個重點。

而關於第二條，我不曾向他人洩漏自己持有ＡＰＰ，就算是春乃也一樣，所以不清楚從世界上消失是怎麼回事。但是這個ＡＰＰ明顯和其他ＡＰＰ不同，散發出「玩真的」的陰森氣息，因此我也無意嘗試。

再說，之前我曾為了測試第三條「你無法離開ＡＰＰ」，而將手機留在家中外出，結果手機不知道什麼時候自己跑到了我的包包裡。我反覆試過好幾次類似的情況，但手機，或說是神秘的ＡＰＰ，都一定會出現在我身邊。不僅如此，就算手機沒電了，也只有這個ＡＰＰ可以操作，或是解除安裝以後它會再立刻自動安裝，試到最後，我還曾有一次打爛手機，結果手機自己在一瞬間修復成跟新的一樣等等，不斷發生明顯詭異的狀況。就因為有教學第三條的內容，我才對這個ＡＰＰ產生如同可信之意的想法。

關於最後的第四條，因為我從來不曾存滿時間，所以無從考察起。

即使像這樣重新仔細閱讀教學，有關快速累積時間的方式等等，我還是只能想到在考試時取得好成績而已。

我對著ＡＰＰ丟下一句自言自語。

「這次的期末考我也會考到第一名，好歹多送一點時間給我吧。」

我粗魯地將手機塞進口袋後出門。

我是在大約三年前，國二期末的時候得到神秘ＡＰＰ的。手機突然跳出鮮紅血色的橫幅標誌通知，不知道什麼時候已經被安裝了有著沙漏圖示的神秘ＡＰＰ。

當然一開始我是半信半疑的。充滿噁心感的設計，加上單方面強硬訂下規則的感覺，實在是超麻煩的，而且我覺得可以改變過去的想法很蠢。

不過現在不一樣了。我為了ＡＰＰ努力讀書，擔任班長，嘗試了各種比他人更好的未來，不斷地多累積一些時間。彷彿就像完全被神秘的ＡＰＰ寄生，幾乎所有的生活都受到操縱。

但是，這樣也沒關係。如果神秘的ＡＰＰ真的能改變過去的話，我有非改變不可的過去。

那就是三宮春乃受到虐待的過去。

她是我的全部。國中時代，在我孤單一人時，只有她向我伸出手，幫助了我。她握住了沾滿鮮血，身為殺人兇手的我的手。

春乃對我來說，是唯一的好友，也是最重要的人。

——三年前得到ＡＰＰ，現在累積到了一半。繼續保持這個速度，還需要三年累積時間。在那之前請再等我一下，春乃。這次由我來幫助妳。

隱藏在心中的決心依然很堅定。說什麼我都要嚴守這個秘密，這就是我現在能做的事。

到了學校後，我馬上往教室走去，來到窗邊最前方的自己的座位。也許是時間還早，除了我沒有其他學生。我立刻在桌上攤開題目大全，開始為了這次的期末考努力。

這對我來說也是個與平常無異的早晨。接下來會是平凡的課堂，然後回家，睡覺，再度迎接相同的早晨。一直以來都是如此反覆。

正當我在專心自習時，過了一會兒，傳來熟悉的女同學的聲音。

「結衣早安，妳今天也好早喔。」

抬頭一看，菫站在那裡。偏矮的身高，長黑髮，加上像小動物般可愛的眼眸。感覺每個班上都會有一個這種學生的平凡容貌。當她一臉世界和平地微笑時，手裡拿著的澆花器看起來就更顯悠哉了。她來學校後，總是會幫陽台的花澆水。

「早安，菫，妳也辛苦了。花的狀況怎麼樣？」

「嘿嘿，大家都開得很茂盛喔。」

「是喔，一定是因為妳很用心照顧的關係。」

「是、是這樣嗎？」

聽到稱讚，她的手指捲著頭髮害羞了起來。她很容易害羞，即使是這麼一點小事也會馬上臉紅。這樣的地方很可愛，給人溫和的印象，很好聊天。

只是我現在在讀書。我重新握好筆，對話隨便做個結尾，視線想要回到題目上。

但是，菫一臉歉意地這麼接續道。

「啊，等一下，結衣。可以聽我說嗎？是關於春乃的事。」

聽到這句話，讀書什麼的都是次要的了。我放下筆抬起頭，對上了菫的視線。

「她怎麼了？」

「那個，昨天啊，她拜託我放學後教她功課，可是我有事所以拒絕了。可以的話，下次妳也一起教她，我會覺得心裡比較踏實。」

「喔，這件事啊。」

我嘆了口氣回應一臉難以啟齒的菫。當然，我的無奈不是針對菫，而是針對春乃。

「我們自己也是要讀書的呀……真是受不了。那就下星期吧。」

「太好了！呵呵，我也來整理各科不懂的地方。」

「咦，妳也是要人教的那一個嗎？」

要了小聰明的堇讓我忍不住充滿疑惑。為了累積神秘APP的時間，我希望盡力排除會妨礙自己讀書的事，但看樣子卻在不知不覺中增加了自己的工作。

「不可以嗎？」

不知道她是否已經算準了這點，面對這麼直接的詢問，我能做的反抗也只有再嘆一口氣而已。

「唉……真是，沒辦法。」

回答完我站起身。在自習，和堇談話的同時，離上課時間越來越近，多數同學也到校了。春乃也差不多該到了。

「春乃那邊由我來說。妳也要先自己好好念過內容喔。」

「嗯，謝謝妳，結衣。」

在堇的目送下，我前往春乃的教室。橫越聚集在門口的數名同學，走進隔壁班，我迅速地環顧四周。到處是或站著談笑，或趴在桌上睡覺，或和剛才的我一樣盯著題目本的學生，和我們班並無太大差別的景象。

只是我一一確認過那些同學後，並沒有找到春乃。

「她請假嗎？」

我從裙子口袋拿出手機。打開電源操作畫面，開啟訊息應用程式。然後，我滑了好幾次畫面想從對話視窗中找出春乃的名字，卻不知為何都找不到。我同樣找過朋友欄位，但一樣只缺了春乃的名字。

——程式錯誤？但除了春乃其他人的名字都還在，難道是她換手機了？

正當我充滿疑惑時，剛好聚在一起聊天的一群學生中，有一個熟悉的魁梧身軀。

「早安，雙葉。可以談一下嗎？」

「噢，吾妻？怎麼那麼突然？」

正和朋友談天說笑的他，因為從背後傳來我的聲音而嚇到雙肩震動。

「對不起。春乃好像還沒來。而且她好像換手機了聯絡不到她，我很擔心。你知道怎麼了嗎？」

沒想到雙葉皺起了粗獷的眉頭斜歪著頭。

「春乃？那是誰啊？」

「……蛤？你在說什麼啊？」

雙葉狀況外般地一臉疑惑，讓我忍不住拉高音量。不過他依然困惑地開口。

「不是啊，妳才在說什麼啊？叫春乃的人是哪一班的？我們班上是沒有這個人啦……」

雙葉的語氣太過理所當然，讓我頓時啞口無言。我明白他這個人。他很明顯是個好人，對棒球全心全意到可說是愚忠的體育男。換句話說，就是不太會耍嘴皮子或開玩笑的那種人。

不過，我還是很懷疑他，其實從以前我就覺得他有點可疑了。因為真的是**太過明顯了**。只是春乃很迷戀他，我也沒聽過他奇怪的八卦，所以一直沒特別說什麼。

可是現在，他開了個比狗屎還不如的玩笑，讓我忍不住發火。

「雙葉，你惹我生氣是想怎樣？那種玩笑誰笑得出來啊？我來這裡不是為了要跟你廢話。」

我的聲音無意識地低沉了下來，眼神蓄滿力量。結果四周的同學驚訝地紛紛轉過頭來，壓低了音量。他們似乎是覺得傳聞中曾經殺過人的我很可怕。我猜那個傳聞大概和國中時一樣，是基於我憤怒的情緒太具攻擊性而傳開來的，毫無根據的流言蜚語。畢竟知道我真的殺過人這件事的，只有住很遠的壞心親戚，或是春乃而已了。

不過，在這樣的我面前，雙葉還是滿頭霧水的樣子。

「喂喂，妳生什麼氣啊。妳生氣起來很可怕的，別鬧了。」

他的樣子很慌張，不過我終於看清現實。可疑歸可疑，但找不出他需要對我開這種玩笑的理由。

而且從遠處看著我的同學們，不知為何眼神中寫著我很奇怪。該說單純是他們的認知與我的認知有落差嗎？我感覺狀況不對勁。

那種感覺就好像大家真的不認識三宮春乃這個人一樣。

「欸……你說這話是認真的嗎？」

不安在胸口盤旋，無法停止怒火延燒。於是我用力皺起眉頭，再次抬頭望向雙葉。

然而他還是點點頭。

「我就已經這樣說了，妳是怎麼了啊？」

這句話就像透明的長槍一樣貫穿了我的胸口，四周同學們的眼神也是如此。他們又驚訝，又像我在說外國語言一樣，無法理解的視線如箭矢般飛來，讓我無言以對。

——這是怎麼回事？

我越來越不明白，只是充滿困惑，但是我確實有著不好的預感。本來一直不相信雙葉所說的話，但就在我閃過「我不願相信」這個念頭的瞬間，預感就已經滲透進了腦海深處。

我未加思考地轉身，留下雙葉在原地。為了證明春乃存在這個世上，我抓起放在講台上的學生名冊。這裡一定會有春乃的名字。

如果沒有的話，實在是太奇怪了。

因為她直到昨天依然確實存在這個世界上，而且國中時曾經幫助過我。因為春乃是我最重要的人，也是唯一的好朋友。

所以……

在我翻開學生名冊時，受到了全身凍結般的衝擊。名冊上，到處都沒有記載「三宮春乃」的名字。

經歷早上發生的事，時間仍舊不斷地流逝，四節課結束後開始午休。但是春乃還是沒有來學校，而且沒有人追究這件事，也沒有人覺得奇怪。

不僅如此，我在下課時到隔壁班一看，直到昨天都還是春乃座位的地方，坐著一個在過去的高中生活中**從來沒有見過**的學生。

在那之後，我已經無法思考任何事了。明明上完了生物課，眼前的筆記本卻還是一片空白，我現在依然處於茫然中。從窗外吹進的夏風送來了青草帶著嘲諷的清爽氣息，但如今我連為此不耐的心情都沒有。

正當我魂不守舍時，生物老師七濱勇氣來找我談話。

「吾妻，妳怎麼了？妳今天上課好像很不專心，很少見。」

他皺成一團的白袍和鬍渣讓人印象很深刻。雖然常常看到他被學生捉弄，或當成玩偶對待，但該認真的時候還是很認真，教學也簡單易懂，是很受學生歡迎的老師。

「……對不起，我早上開始就覺得身體不舒服。」

這麼回答後，七濱老師摸著鬍渣驚訝說道。

「真難得，妳不是從一年級開始就都全勤嗎？是不是吃了髒東西？」

他的聲音是打從心底擔心我，這一定也是他受學生歡迎的原因之一。特地在課堂結束後這樣關心學生，真的非常有心。我想起了以前和春乃聊天時，她告訴我有八卦在傳他和圖書館的谷津老師之間氣氛很好，很多學生都支持他們的事。

於是我突然想到——

或許七濱老師記得春乃。

我懷著一絲希望，抱著會失敗的想法抬頭看向站在旁邊的白袍教師。

「老師，你知道三宮春乃這個學生嗎？」

我的聲音軟弱得如命懸一線般。然而七濱老師一個皺眉的動作，就輕易地斬斷了那條纖細脆弱的絲線。

「三宮？哪一班的？」

「……隔壁班。」

「隔壁班？隔壁是二班吧？嗯……我從一年級的時候就開始帶你們這一屆，所有學生的名字我應該是都記住了才對。」

喃喃自語的七濱老師苦惱著，像在搜尋自己的記憶般不斷低吟。不過他馬上就轉換表情，重新面向我。

「不管怎麼樣，妳是因為那名姓三宮的學生而煩惱吧？那就好。不是身體不舒服或其他狀況的話，至少我比較放心。妳總是很成熟自律，老師們對妳的評語都很好，不過總覺得妳太過用力了，我有一些擔心妳。但既然妳會為了人際關係煩惱，代表妳也是個普通的高中生呢。」

七濱老師用手上的生物課本輕輕敲了敲我的頭。

「如果妳因為那位三宮同學，不，其他的煩惱也沒關係，有事想要商量的話，記得隨時找人商量喔。若是不嫌棄，我很願意仔細聽妳說。雖然我的專業度沒有圖書館的谷津老師那麼好。」

七濱老師露出白皙牙齒，一臉老好人的笑容，往教職員室走去。

——商量……怎麼可能。「沒有人記得本來在隔壁班的三宮春乃，而且我早上來學校時發現有個沒看過的同學取代了她的位子」，這種話說到一半絕對會被叫去醫院檢查。

我在心中嘆氣，用力抓亂了頭髮。這件事太過不明所以，再這樣下去感覺我會出現壓力禿。

「結衣？」

正當我悶悶不樂時，忽然聽見早上之後就沒再聽見的菫的聲音。

「妳還好嗎？感覺很沒有精神呢。」

「菫……謝謝。不過我沒事，讓我一個人待一下。」

就在我這麼說，想著總之現在要冷靜下來，先到安靜的地方去好了的時候。

——對了，她早上有提到春乃吧？

我想起課堂開始之前，菫來找我商量讀書會的事。

我反射性地起身，用力抓住菫的兩肩。

「妳記得春乃嗎？」

「結、結衣？」

突然被人逼近，菫一臉慌張，同時班上的視線都朝這裡集中，但我現在才不管這些。

「菫，妳記得春乃嗎？」

我筆直地看著她輪廓鮮明的可愛眼眸重複問道。只是或許我的樣子看起來太魄力逼人，菫開始顫抖。

「我、我記得！」

她緊緊閉上漂亮的雙眼皮眼瞳。可是有人記得春乃這件事讓我太開心，我接續著詢問堇。
「那春乃姓什麼？」
「三宮！」
「頭髮的顏色呢？」
「咖啡色！」
「男朋友呢？」
「雙葉同學！」
對於我亢奮的連續提問，堇似乎終於再也受不了，她慌亂地憑著蠻力把我往後推。
「我和春乃昨天才見過面，怎麼可能會忘記她！結衣妳是怎麼了？」
突然的反擊讓我嚇了一跳，我下意識地放開堇的肩頭。被推開的胸口處疼痛讓我回過神。
「對、對不起，我忍不住。」
但就在這期間，「雙葉同學有女朋友嗎？」「其他學校的學生？」等疑問就像陣陣的鐘聲回音一樣在教室內迴盪。
「妳們兩個突然是怎麼了？」
嘈雜聲中走出一名男同學，他只有那頭彷彿是睡亂的頭髮隨便抓過一樣的自然捲能讓人留下印象，是一條同學。結果菫也接著說。

「嗯，就是說呀，突然之間是怎麼了？為什麼要問記不記得春乃？」

對於菫所說的話，一條同學非常自然地點頭。

「真不像妳。發生什麼事了？」

他淡然提出疑問的語氣讓我很在意。

「一條同學，你也記得春乃嗎？」

「記得……但怎麼了？」

他很坦率地點頭。於是我終於能夠吐出一早就悶在心裡的沉重空氣。更準確一點描述，我心中充滿了像是安心感的東西。

「結衣？」

菫探詢著深深嘆了一口氣的我。我因為她的聲音抬起頭，也和她旁邊的一條同學對上眼睛。

——總之要向他們說明事情原委。

我們三人圍著桌子，我一五一十地和他們說出今天早上發生的事。我們實際到隔壁班一趟，給他們看學生名冊，和幾個人談過之後，我也再次確認到春乃真的消失了。做到這個地步，他們兩人也不再懷疑春乃消失的事，菫陷入肉眼可見的混亂中，一條同學則開始沉思。

「為什麼春乃會消失呢？」

我們之間只有沉默。專注在交談中，午休也接近尾聲了，但我戳著午餐卻完全沒動筷子。明明早餐也沒吃，卻因為太擔心春乃的事，所以肚子並不餓。菫也停下用餐的手，顯得非常不安。

只有一條同學，像平常一樣吃著便當，小聲地繼續喃喃說道。

「不，應該從為什麼只有我們記得的方向思考或許比較好。我們……確實經常和春乃聊天，但如果是以和春乃之間的距離來決定是否記得她的話，那草太不記得她也太奇怪了……總之，我們是不是應該去找其他記得春乃的人……」

進入這個狀態之後，他就很難從自己的世界裡出來了。雖然乍看之下很平凡，但還是有些地方怪怪的，或者說感覺從本質就與一般人不同的一條同學，已經接受了春乃消失的這件事。

而另一方面，我則是亂了方寸。總之能找到除了我以外還記得春乃的人是很好，但這依然不會改變春乃消失了的事實，我只是越來越擔心她而已。

春乃是個容易把事往心裡吞的人。知道她的過去以後明白這無可厚非，但還是希望她有心事能說出來。如果她願意和我商量，我一定會盡全力支持她。於是我嘆了今天不知道第幾次的氣。

我沒想到春乃不見，自己竟然會變得這麼怯弱。真沒用。如果真的是為春乃著想，應該像一條同學一樣馬上轉換情緒，思考目前是什麼狀況，結果卻因為感情用事而完全無法動腦筋。

——說到底，人類消失這種事太不合常理了，到底是怎麼一回事啊。

在我思考時，忽然聽到那個傳聞。

「欸，你知道神秘的ＡＰＰ嗎？」

從教室某處傳來這句話，是最近經常聽到的流言，昨天午休也有人在傳。只是就這麼一句話，我的腦中迅速冷靜下來，出現了靈光一閃。

人會消失。記得ＡＰＰ的教學第二條確實寫了同樣的內容。

該不會春乃擁有神秘的ＡＰＰ。

然後這件事被某人知道了，所以她才如教學上所寫的消失了？

心中湧起的與其說是推測更像是預感。只是一這麼想，身體就反射性地顫抖了起來。如果真如ＡＰＰ所寫的那樣，那麼或許春乃真的已經不在這個世界上了。

菫一臉擔心地看向這樣的我。

「妳、妳還好嗎，結衣？臉色很糟糕喔？」

我有意識地深吸一口氣，努力平復情緒後才回答。

「對不起，我沒事。謝謝。」

三年來我一直保守APP的秘密。只是我也認為既然我有，那麼其他人應該也會有。

但卻沒想到，春乃竟然也有，而我的感覺和早上相同。

不是不相信，而是不願相信。

不過這種不好的預感反而常常成真，讓我黯然神傷。

「……開什麼玩笑。」

我在口中咬緊牙根，不讓眼前兩人察覺我的逞強。然後我腦中浮現她的身影，我世上唯一的好友。明亮的咖啡色頭髮，健康的小麥肌，活力充沛的美好笑容。

我一樣一樣回憶，鼓勵著漸形軟弱的自己，她一定還在某處，她會回來，我會帶她回來。

「妳跑去哪了嘛，大笨蛋。」

我在不知不覺間，開始回想起與春乃相遇的國中往事。

當時還是孤身一人，認為不會有人願意理解自己的封閉過往。

她握住了我這雙沾滿鮮血、殺人兇手的手，這樣的過往。

國中的時候，我不知道自己是為了什麼活著。

小學二年級時，我的爸媽被強行闖入的強盜殺害，而我刺殺了那名強盜之後，我的生活有了一百八十度轉變。因為衝擊太大情緒不穩定，被帶回親戚家養育後，有時候會精神錯亂突然大吼大叫，或是被惡夢纏身而失控、為了洗掉沾在手上的血的觸感而不斷洗手洗到皮膚潰爛、一吃到肉就想起屍體而嘔吐等等。結果就是每個家庭都討厭我，因此被好幾個家庭當皮球踢來踢去。

最後，我進入遠離故鄉的國中就讀，過著疏遠親戚的生活。那時候我已經不相信他人，關在自己的殼中，身心都被摧殘殆盡。

我已經，什麼都沒有了。

所以只是平凡地活著，表面裝傻地笑著，但卻又對老是把想死之類的話輕率掛在嘴邊的同學感到厭煩，感到痛恨，簡直就像被丟到人群中的狼一樣，格格不入地活著。因為這樣，和誰相處都不順利，就算去學校，多數日子也常常是不發一語。

然後就在不知不覺間，因為太過排斥他人，眼神太有攻擊性，我開始被人謠傳搞不好殺過人。

不過對我來說，這樣反而剛剛好。之前還會有莫名愛操心的人來找我講話，或是有人打算欺負被孤立的我等等，這些想要和我牽扯上關係的人，在那個謠言傳開後，就不再來找我了。

於是，接下來我只要保持沉默就好了，這麼一想就覺得輕鬆。知道不需要再和那些稱我為怪人，自以為正常的超煩蠢蛋們有瓜葛後，我覺得自己終於自由了。我才不管未來，我現在就只是無盡渴望著寂靜。

事情發生在國二的春天。那是我已經完全被孤立，帶著死魚眼活著的時候。

那時候，有一名轉學生轉到我們班上。

莫名地開朗，老是在笑，是個立刻和班上同學打成一片笑鬧的傢伙。我對她的認知就是如此。所以當那名轉學生如她友善的個性跑來找我講話時，我並不驚訝。

「妳好，我叫三宮春乃。妳呢？」

我沒有回答這個問題。班上其他人馬上將她帶走，在背後說我壞話。

「不需要和她扯上關係，她不是正常人。」

「沒有人知道她在想什麼，是個危險人物。」

「畢竟聽說她殺過人。」

我已經習慣假裝沒聽見了。從小學的時候開始，我就不斷在各個家中聽別人說我的壞話了，事到如今沒有必要去一一反駁，我已經無所謂了。

那是在我這樣獨自回家的路上。我走在沒有人的夕陽歸路，走在一成不變的住宅區時，從背後傳來了聲音。

「喂～等我一下！」

我隱約知道

那個聲音是在叫我。畢竟那是那個轉學生的聲音，而且四周也沒有其他人。

她穿著破爛的運動鞋努力跑過來，追上了我。

「就、就叫妳等我了！」

她繞到我面前，我只好停下腳步。

「……有事嗎？」

因為很少講話，我的聲音像是已經廢退了般低沉，不過那個轉學生輕笑著調整氣息。

「沒有啦，就是，既然妳往這邊走，我就想乾脆一起回家吧。」

她重新正面對我，浮現出直率友善的笑容。

「我們交個朋友吧。重新介紹，我是三宮春乃。妳呢？」

活力充沛的雙眼讓人印象深刻，咖啡色短髮露出健康的脖頸。精神煥發得令人炫目。

不過我用手上的書包拍開了她伸出來的手。

「名字妳已經知道了吧，畢竟我是個殺人兇手的事很有名。」

我不屑地說完想從她身邊走過，但她又繞到我前方擋住了路。看著我的眼睛像太陽一樣燦爛，我從她身上感受到恍若無盡的明亮。該說是洋溢著活力，還是說她感覺很懂得如何施展自己的魅力。

「不，我不知道。雖然我的確知道妳是謠言中的那個人，但我想要和妳交朋友。」

然後她開朗地笑著繼續說。

「總覺得呢，第一眼見到妳，不知道為什麼感覺就對了。很在意妳，或者說無法放下妳，因為我也有過痛苦經歷。」

轉學生這句話讓我覺得很煩躁。似乎看穿了我的一切，好像很理解我一樣，我的胸口中央捲起了漆黑的情緒漩渦。

當我回過神時，我已經衝動地用書包砸向她的臉頰。

「妳懂什麼！」

那是從身體深處發出的聲音。翻騰的怒火上湧，感覺就要將我的身體燃燒殆盡。

我輕蔑地看著被打後摀著臉頰的她。

「別管我！不要再和我扯上關係。」

我推測這下子這個女的也不會再來纏著我了吧，正要邁開步伐時，轉學生說話了。

「等一下。」

帶有距離感，但又凜然，毫不膽怯的聲音。還真是死纏爛打又煩人的對手。

所以我以為會被回毆，或者是被難聽地咒罵。對我來說，其他人就是這樣的人，事實上，我老是做一些被人報復也無話可說的事，因此有自知之明。

但是，當我回頭時，忍不住睜大了眼睛。

「明天見。」

她既沒有生氣，也沒有瞪我，只是笑著。撫摸著腫脹發紅的臉頰，露出困惑的微笑向我揮手。

但是我無法接受這個反應。

「妳傻了嗎？」

我丟下惡言惡語，走上回家的路。只是在這期間，腦中一直忘不掉她，那一天，我直到上床睡覺，都一直浮躁不已。

在那之後，她開始頻繁地來找我。早上一定會向我打招呼，如果有分組活動她必定要拉我一起，每次我都會不斷拒絕她。不過她仍舊不放棄，想要和我成為朋友。

然後，事情發生了。

「啊，早安！」

某個夏日。轉學生和平常一樣向我打招呼，我也和平常一樣，無視她的招呼。而對此感到不快的旁人則做出了和平常不一樣的舉動。

進到教室，我正要走向自己的座位時，有人伸出了腳。那真的只是非常微小的惡意捉弄，不過我完全上鉤了，撞倒了旁邊的桌子，重重地摔了一跤。

四周傳來驚訝和像是嘲笑的聲音。撞到桌子和地板的肩頭和腰非常痛，但是那些人的反應讓我整個人氣血上升，我想要去揍那個伸腳絆倒我的傢伙。

只是，我起身後發現四周的空氣隨即凝滯，原本對我的敵意和嘲諷看起來帶著疑惑和焦急。

我回頭看發生了什麼事，原來是受到我跌倒的牽連，連轉學生也跌倒了。大概是因為她和平常一樣跟在我後方的關係吧。

而或許是撞到的地方不對，從她的頭上流下了幾道血痕。

當然，那並不到大出血的程度。與其說是頭破血流，更像只是頭部的某處皮膚被劃破了。

但是看到這幅景象時，我的心臟用力地跳了好幾下。感覺呼吸變淺，冒出奇怪的汗水，湧起反胃想吐的噁心感。手腳末梢因氧氣不足而抽搐，嘴唇自行顫抖了起來，臉上血色盡失，大腦中心附近開始抽痛。

更重要的是，我的眼睛開始離不開跌倒在地的她。她躺在地上呻吟著，血從頭上流下，樣子似乎很痛苦。

這成為導火線，爸媽，尤其是媽媽遭到殘殺的場景閃現。闖進我家的強盜或許是嗑了藥，精神很錯亂。然後他將爸爸打飛打到倒地不起後，將媽媽拉倒在地，抓著她的頭不斷不斷撞擊地面，直到媽媽一動也不動，每一次的撞擊，鮮血都會四處飛濺，混雜著媽媽哀號與哭泣聲的尖叫貫穿了躲在暗處的我全身上下，最後媽媽以血肉模糊的臉凝視著我……

「啊……啊……啊……」

我的嘴巴半張，溢出空虛的語句。即使旁人發現我的樣子不對勁，也已經太遲了。我就這樣，失去了理智。

等我恢復意識時，我正躺在保健室的床上。

什麼都不記得。只是全身到處都是跌倒時無法比擬的瘀青及割傷，至少我知道自己瘋狂失控了。但腦袋就像蒙上一層霧一樣模糊，因此無法繼續思考更多。我已經好幾年沒有這麼嚴重地失去理智了，因為最近幾乎不曾與旁人有任何瓜葛，所以我倒是能夠平穩地過日子。

話說回來，已經過了多久了呢？周圍隔著白色門簾，看不到時鐘和外面的景色。我連下床的力氣都沒有，只能專注精神在門簾另一側的寂靜。只是實在太過安靜，感受不到有人的氣息，讓我知道保健室老師不在位子上。

只有我一個人在嗎？這麼想著，我低喃道。

「……我是為了什麼而活著呢？」

一低頭開口，劈哩啪啦，原本在心中的念頭滾落而下。

「乾脆去死好了。」

嘴巴的開闔自然得令人害怕。字句的每一個音節發音都平順清晰，沒有任何類似抗拒的反應。

因為就是這樣啊。我已經連自己為什麼活著都不明白了。不論到哪裡，都被人輕蔑為不正常、瘋子，反正我會繼續這樣直到死吧，這種無力感穿透我的胸口。總覺得沒有力氣做任何事，未來的事怎樣都無所謂，我只想要拋下一切。

而且，就算我不和其他人牽扯上關係，也無法逃離過去，過去沒有消失，就因為那麼一點小事，又將我推落至恐怖與絕望的深淵。

於是，就連活著都讓我迷惘。

就在那時，隔開鄰床的門簾突然被用力拉開。

而我連回頭的時間都沒有，就飛來一句怒吼。

「妳在說什麼！」

我轉過臉，隔壁是頭上包著繃帶的轉學生。平時總是笑著的她，情緒性地顯露出怒氣。只是或許是不習慣生氣，她的眼睛溼潤，抓著門簾的手在顫抖。

「……妳在啊？」

她沒有回答，走到我的床邊，抓住我的手。她的動作彷彿在挽留我不讓我去任何地方，我的手被她用力握到都痛了。

「我問妳，妳剛才是認真的嗎？不可以這樣，不要想著去死。」

我連甩開她的手的力氣都沒有，移開視線，低頭說。

「這和妳沒關係吧。」

沒想到她更加用力握住我的手。

「和我沒有關係就不能拜託妳不要死了嗎？」

這句話，彷彿沁入了我的內心。這時候，我終於明白她這個人了。

這個名叫三宮春乃的轉學生是個了不得的大好人。是我過往從未遇過的類型，是能夠打從心底去愛人的人。

經常笑容滿面，很體恤他人，而且能夠同理他人。她一定是個纖細的人。碰到她的手才發現她的手在顫抖，但她不在意，我明白她是拚了命地要向我表明真心。

但是，事到如今，已經太遲了。

「我是個死了比較好的人。」

「為什麼？」

「因為我真的殺過人。」

我覺得一切的一切都無所謂了，於是很自然地坦白。結果就連那個轉學生也倒抽了一口氣，我趁這機會抽開了被抓住的手。

然後，我低頭看著自己的手掌，用另一隻手用力地、用力地，淡然地擦拭。

「不管我怎麼洗，都洗不掉。不管過了多久都忘不了，一直很痛苦。即使如此，我還是非得活著不可嗎？」

我無意責怪她，我也無意再拒絕她了。我已經明白她是個無庸置疑的大好人，不過最根本的是，我對一切已累到無力理會。

但是，正因為如此，我很想問她。

「光是活著都讓我覺得痛苦了，妳還要叫我活著嗎？」

我看向她，但她的表情讓我閉上嘴。我咬著唇，停下了擦手的動作，因為她的臉讓我看到恍惚了。

「為什麼妳要哭啊？」

她聽著我說的話，從雙眼落下斗大的淚珠。這是因為她接受了我看破紅塵，同理了我悲慘過往的關係吧。和她相處之後，發現她是個很好懂的人。

「對不起。但是，即使知道了這些，我還是希望妳活下去。」

她吸著鼻子，擦擦眼淚這麼說。然後她緩緩脫下制服上衣，讓我看她的背後。

這次輪到我說不出話了。

從脖子下方開始，橫向到兩邊的上臂及身側，縱向到腰附近，她的整片後背是被燙傷腐爛的猙獰皮膚，如同向日葵圓盤花心一樣的無數斑點，密集地烙印在她身上。

那是太過醜陋，對少女來說太過沉重的傷痕。

「妳那是……」

我驚愕地詢問後，她重新穿好衣服邊回答。

「小時候被爸爸虐待的。每次我不乖，都會被用菸蒂燙背。我會轉學來這裡，也是因為爸媽離婚，我們搬回媽媽娘家的關係。」

然後她坐在床沿。臉上沒有了平常的笑容，只是一臉平靜、成熟的表情。

「不過反過來說，只要我能承受，總有一天事情一定會解決的。承受的意思不是說不要動、只是一味忍耐喔。而是逃跑、求助，總之努力活下去很重要，我是這麼想的。」

從她聲音的深處，可以一窺她強韌的溫柔。於是，我對她改觀了。她不只是單純的好人，她還是個堅強的人。

「所以，不要再說想死了。我雖然不清楚妳以前發生了什麼事，但有了痛苦的過去，就更應該要獲得幸福，不然不是太奇怪了嗎？」

她說的話簡直就像在說給自己聽一樣，我感覺到靈魂被那真摯的言語撼動了。

但是，我的手依然冰冷。鮮血黏膩的感觸不知道什麼時候會再襲來，彷彿隨時手握著炸彈的恐懼一直盤踞在我內心的角落。

「奇怪的是我，我不是普通人。反正不會有人願意握住殺過人的這雙手……」

「妳是個普通人。」

我不禁抬起頭，那一瞬間，我忽然感到飢渴。以往刻意忽視的欲望，或者說我渴求著什麼，卻不知道自己在渴求什麼的煩躁感被削除了，她的話語中，讓我感受到一直以來追求的某種滋潤。

接著，這次她輕柔地，像是依偎在身旁似地包覆住我的手。

「因為妳會覺得痛苦。如果是打從骨子裡的壞人，或是瘋子才不會為此煩惱。不過就算有些和他人不同的地方，只要妳還會覺得苦惱，那妳就是個普通人。一點也不奇怪。這是妳的特色，所以沒關係的。」

她的話語滲入了我乾渴的五臟六腑。我感覺血液循環變得活絡，空氣毫無窒礙地沉入肺的底部，身體放鬆了緊繃的力氣，占據全身的凝滯慢慢鬆開。

當我回神時，我正回握著她的手。

自從春乃消失後已過了一星期。這段期間，我按照一條的提議尋找有沒有其他記得春乃的人，但不論是同學還是老師，大家都忘了她的存在。我也去了春乃家，但一樣是個不認識的女孩光明正大地出入她家，春乃的媽媽也一副理所當然地接受，這樣的情景光看一眼就覺得不舒服。

於是我食不下嚥，夜不成眠，心情和身體都差到了極點。胸口就像要被撕裂。以往我為了替春乃累積時間的規律常規作息也變得亂七八糟，短短一週內就遲到兩次，甚至還在課堂上打瞌睡。

只是，這也是無可奈何。對我來說春乃就是活著的意義，畢竟我如常地活著，就只是為了累積時間改變她的過去。

「妳沒事吧，結衣？」

我聽到了菫的聲音。抬起眼，她就站在前方。從她背著書包的樣子看起來，應該是已經放學了。而她身後一步則站著一條。

菫依然以溫和的樣子繼續說道。

「身體不舒服的話，結衣就回家吧？我們會跟谷津老師說明……」

很體貼的一句話。只是我疑惑地偏了偏頭。

「谷津老師？」

我不明白為什麼會出現谷津老師的名字，這麼反問後一條回答。

「妳沒有聽剛才老師在課堂上說的話嗎？我和妳和菫三個人被叫到圖書館的事。」

「啊……抱歉，我漏聽了。」

我從位置上起身，拿起掛在課桌旁的書包，轉了轉頭發出咿軋聲。也難怪我全身僵硬，我的理智只剩下內心深處的一小撮了。

「走吧。也許是和春乃有關的事。」

我的心情就像緊緊攀附著蜘蛛絲一樣。我們三人一走進圖書館，谷津老師就端著放了茶具組的托盤從櫃檯後方走出來。

「啊，對不起，突然找妳們過來。可以在裡面的位子等我一下嗎？我馬上準備。」

谷津老師嚴重駝背，眼下有著看起來很不健康的黑眼圈。只不過這就是她平常的樣子，因此她靈活地忙碌著。現在我不健康的程度足以和她一較高下，如果和她做一樣的事，搞不好已經打破了好幾個杯子。

不過到底為什麼要準備那些東西呢？這才是問題。

按照老師的指示坐定位之後，我開口了。

「感覺會談很久呢。」

這裡是圖書館裡最內側的位置，被書架擋住了因此從外面看不到。坐在我右手邊的菫答道。

「要、要談什麼呢？難道是被罵……」

「妳有什麼頭緒嗎？」

坐在我左邊的一條這麼問之後，菫陷入沉思。但結果還是什麼都想不出來的樣子。

「對不起讓你們久等了。很燙喔要小心。」

正當我們無意義地討論時，谷津老師馬上就出現了。她將倒了綠茶的杯子放在我們三人面前，她則坐在我的正對面。
我沒有喝老師端來的茶，而是立刻詢問。
「所以，今天為什麼找我們來？」
谷津老師苦笑了一下，帶著緊張的樣子說。
「我有事想問你們……你們知道神秘的ＡＰＰ嗎？」
我和左右兩人互看了一眼，他們都很自然地點頭，我當然也不動聲色。
只是心中有一股預感。
——神秘的ＡＰＰ……還真突然。不過為什麼谷津老師那麼緊張？
那是這一星期以來不斷盤旋在我腦中的東西——春乃會不會是因為神秘ＡＰＰ才消失的推測。因為無論我怎麼找，都沒有任何線索，因此這個想法開始越來越有現實感。
「……不知道，我只從謠言聽說過而已。」
我緊盯著谷津老師的臉，我想要盡可能多知道一點有關春乃的情報，我滿臉渴望地觀察著她。
即使面對我這樣的神情，她雖然緊張，仍是浮現出心地善良的柔和笑容。
「不需要說謊。你們都記得三宮同學對吧？」
她接著說的這句話，讓我緩緩地深吸了一口氣，同時也吸入了圖書館帶著些許塵埃的氣味，但我一點也不在意。眼角餘光中一條同樣沉默不語，安靜地看著谷津老師。他是否也感覺到她知道些什麼？

只有菫很老實地一臉驚訝開口。

「老師，妳記得春乃嗎？」

「當然，那麼活潑又調皮的孩子，怎麼可能馬上就忘記。」

對於菫的提問，谷津老師似乎放下心來。看到那個樣子我舔了舔嘴唇。

——放心？

就在我充滿疑惑時，一條開口了。

「太好了。我們也在尋找有沒有其他記得春乃的人。只是……這麼說來，為什麼只有我們記得她呢？」

對於一條的這番話，谷津老師再次緊張地繃起了臉，吞了一口唾液。總覺得她的動作看起來，就像想說的話已經到了嘴邊，卻還在思索該怎麼說才好。

「關、關於這件事，嗯……今天就是為了這件事才找你們過來。」

她溫和地掃視過我們三人的臉，立刻深呼吸，往胸腔裡吸飽了氣。緊繃的沉默飄在空中，菫似乎也終於感受到谷津老師知道些什麼。

我等待著接下來的話，或者說我警戒著比較貼切。當我察覺時，我再次緊張了起來，並又舔了舔乾燥的嘴唇。

只是，她所坦誠的內容，就像炸彈一樣，讓我瞬間腦袋一片空白。

「我們之所以記得三宮同學……是因為我們每個人都有神秘的ＡＰＰ。」

「蛤？」

我忍不住驚訝地發出聲。不只是因為被說中了我有神秘的ＡＰＰ，而是「每個人」這一點讓我跟不上理解。

——他們兩人……也有ＡＰＰ？

我瞬間僵硬了一下，正想要看向他們兩人時，右邊「砰咚」地椅子翻倒了。

菫飛快地站起身並往後退。她的臉色蒼白，驚慌失措地從口袋中拿出手機，卻又像拿著危險物品般不停發抖，將手機扔在地上。

「不、不是的，我也不知道……我什麼都沒做，真的是突然就在裡面！」

不斷退到牆邊，抱著自己的菫實在太過害怕，看到她這個樣子，讓我回過神來。

「等一下，妳冷靜一點。」

「但是，但是但是，ＡＰＰ一定要保密，可是現在卻被知道了，我、我不就要消失了……」

陷入驚慌的菫有這樣的擔心我認為很正常，因為ＡＰＰ的教學上就是這麼寫的。

其之二「擁有ＡＰＰ的事必須絕對保密。如果被他人發現自己持有ＡＰＰ，你就有可能從這個世界上消失」。

這時候，一條說話了。

「不，我想不需要擔心這件事。」

一回頭，該說果然嗎？他和平常沒有兩樣，非常平靜地看著菫。淡然的瞳孔是細緻的黑色，臉上浮現出甚至可稱得上是了然的表情。

看到他這個樣子，菫以抓住浮木的眼神看著他。

「這、這是什麼意思？」

「如果這樣就會消失的話，那谷津老師自己也會消失。那麼，老師應該就不會說這些才對。」

一條的視線確認般地看向了谷津老師，老師僵硬地點了點頭。對於沉著的一條，她毫不掩飾地感到驚訝。

「對，就像一條同學說的，所以雪月同學妳可以放心。」

看到老師的笑容，菫像是終於放下心，當場跌坐在地。或許是放鬆了緊繃情緒的關係，她似乎全身沒了力氣。我嘆了口氣，起身去扶她，帶她回到座位，撿起被她丟在地上的手機。雖然被扔飛在地，但看起來並沒有損傷。

我把手機遞給董，同時對她的印象改觀。她平常就已經夠溫吞，非常害羞，且時常迷迷糊糊，但看樣子她的個性比想像的還要膽小。尤其是驚慌時似乎會變得很衝動，與她可愛的一面呈現出來的反差讓人啞口無言。

不過現在不是想這些的時候，我重新面對谷津老師。

「那麼，APP和春乃消失的事有什麼關係？春乃……春乃現在在哪裡？她會……回來吧？」

我的語氣忍不住強硬得像在質問。只是，事情終於有了進展。只要春乃能趁這個機會回來，我什麼都無所謂。

面對我的問題，谷津老師難以啟齒地移開了視線。

「這個就……」

看了她的表情，我的心瞬間像破了一個大洞，絕望讓我忘記了呼吸。相對於這樣的我，一條平靜地開口。

「既然是因為APP而消失的，或許也可以靠APP救回來，我們先好好把話聽完吧，吾妻。」

他瞥了一眼谷津老師。

「除了想問的事，其他大概還有很多我們應該聽的事。」

「……我們該聽的事？什麼意思？」

「就是谷津老師為什麼找我們過來的原因。」

一如平常放學後的景色，窗外灑進橘紅色的夕陽。旁邊就能俯視的操場上棒球社正在練習，可以聽見球棒敲擊棒球時清脆悅耳的聲音。如常的放學後。春乃消失後依然沒有任何改變的世界。

但是，只有我們察覺到流逝的時間出現了扭曲。而現在，眼前的老師知道推動這個時間的機關的某些內幕。

「如果春乃真的消失了，老師應該會叫我們不要再找了……或者是不要再探尋下去比較好才對。」

一條這麼說完，谷津老師輕輕笑了笑。

「你真敏銳呢，一條同學。你……察覺到了多少？」

被這麼一問，一條拿出手機，毫不隱藏地打開自己的神秘ＡＰＰ。上面顯示的沙漏幾乎沒有累積多少時間。

不過他很熟練地操作畫面，打開教學。

# 教學

## 其之一

必須達成比他人更好的未來，並累積時間。累積的時間多寡可以在主畫面中確認沙漏內沙子的數量。

## 其之二

擁有APP的事必須絕對保密。如果被他人發現自己持有APP，你就有可能從這個世界上消失。

## 其之三

你無法離開APP。APP內會保存只屬於你的時間，並在你身旁不斷更新你的時間。

## 其之四

一旦時間累積到填滿整個沙漏的量，就必須改變過去。每一個沙漏只能改變一個人的一項過去。

「我發現上面寫的都是真的。例如我們之所以記得春乃，是因為就像第三條寫的，ＡＰＰ中保存了我們的時間，對吧？」

這麼一說，我終於察覺了。谷津老師剛才說我們因為擁有神秘的ＡＰＰ，所以才會記得春乃的事。

再回頭閱讀教學，**只屬於你的**這幾個字確實很令人在意。ＡＰＰ之中保存了我們各自的時間，換句話說就是記憶，因此即使春乃從這個世界上消失了，我們也沒有忘記她。

「對，就是這樣。上面寫的都是真的正確的認知。」

谷津老師認同，可是我隨之又產生新的疑問。用一條說的「上面寫的都是真的」的觀點重新閱讀教學後，出現了矛盾。

「可是谷津老師，第二條寫著『擁有ＡＰＰ的事必須絕對保密』……那為什麼要告訴我們？」

如果按照字面解讀「絕對」這個詞的話，無論在什麼樣的狀況下，都應該堅守擁有ＡＰＰ的這個秘密才對。這樣的話，向我們表明自己擁有ＡＰＰ的谷津老師這個行為很不對勁。

老師一臉陰鬱地沉默了下來。那是僵硬又凝重的沉默。

「老、老師……妳怎麼了？難、難道ＡＰＰ的事不保密的話真的會消失嗎？」

菫困惑地問道，谷津老師張口正打算回答。

可是就在那之前，一條先開口了。

「與其說是消失……會不會其實是**被消除**？」

全場一片沉默。我無法細思比我理解更多一步、兩步的他所說的話，於是看向谷津老師想要確認。而她緊緊閉上眼，點了點頭。

看到她的回應後菫問道。

「被消除是……被什麼消除？APP嗎？」

面對顫抖的提問，一條仍舊淡然地回答。

「是被人吧？嚴格來說，我猜大概是被**自己以外擁有APP的人**。」

然後他指著教學第一條。

「這裡寫著，必須達成比他人更好的未來，並累積時間，所以和他人競爭，或是獲得有限的名額，就可以得到更多的時間，這一點總覺得可以理解。但是我在想，為什麼這麼做就可以累積更多時間。如果儲存在APP裡的是自己的時間，那就和其他人沒有關係了……所以我猜，儲存在APP裡的，搞不好是其他人的時間。」

解釋到這裡之後，我好像開始漸漸有些明白APP的核心了。而且谷津老師也確實沒有否定一條，默默地聽他說話。

「累積其他人的時間？」

我向跟不上說明的菫回答道。

「累積其他人的時間意思是……例如考試的話，有考上的人，也有沒考上的人，這就是前者，嗯……**奪走了**後者的時間，可以這麼說吧？ＡＰＰ用這種方式將從他人身上奪走的時間累積在裡面，這就是一條想說的吧？」

我在腦中一邊整理，同時仔細思索著他的話向菫說明。

這麼做了以後雖然越來越理解一條說的話，但心中最壞的預感也漸漸萌芽。

我想起了ＡＰＰ教學第三條記載的「保存只屬於你的時間」這句話。

假設如同一條所說，累積在ＡＰＰ裡的時間是他人的時間，那麼我以往所做的在考試中得高分來奪取時間的方式，是在奪走他人未來的時間。

但是ＡＰＰ裡保存的卻是只屬於擁有ＡＰＰ的人的時間，如果這是指那個人的過去的話，那麼當那個人的過去被奪走時，他會變成怎麼樣？

於是，我詢問谷津老師。

「谷津老師，如果ＡＰＰ擁有者的時間被其他也有ＡＰＰ的人奪走的話，被奪走時間的那方會怎麼樣？」

也許是這時終於理解了，我聽見菫吞了口唾沫的聲音。一條大概已經得出了和我一樣的結論。這個動作只不過是對答案，確認的行為罷了。

在三人的視線注目下，谷津老師回答。

「……會消失。從這個世上消失得一乾二淨，而世界會經過修正，像是要填補那個空缺一樣。你們也看到了自從三宮同學消失之後，一名從沒見過的學生取代她活著對吧？」

那是我親眼所見的景象。原本屬於春乃的座位，坐著一名不認識的學生，沒有任何異樣地和其他同學親密地聊天。春乃的家裡也是，一名不認識的女孩融入其中，就像取代了春乃一樣。

總覺得煩躁了起來，我不禁握緊了拳頭。真的是蠢斃了。然後，我心中某個懷疑也轉變成了確定。

「所以，APP的事才必須保密。因為也許會被某個人消除。」

「咦……」

發出哀號的菫小心翼翼地握住自己的手機。而一條直直地看著我。

如果是平常，我可能不知道他在想什麼。但現在，我明白。

我繼續問道。

「谷津老師，還有其他情況會讓人消失嗎？」

結果她難以啟齒地深深吸了一口氣，才坦誠相告。

「沒有了，只要時間不被其他ＡＰＰ擁有者奪走，人就不會消失。就像教學上也有寫，時間會保存在ＡＰＰ裡，所以即使那個人死了，ＡＰＰ也會繼續存在。」

「那……果然是這樣了。」

我感覺到過去一個星期渾渾噩噩的身體，逐漸湧起了精力。那是憤怒之火。心臟周邊盤繞著如同深黑色的憎恨之物。無法壓抑的憤怒，讓咬緊的牙根蓄滿了力量。

也就是說，春乃會消失是因為——

「意思是春乃被某個人給**殺了**對吧。」

「吾妻？」

用這個詞表明後，我忍不住站起來。一條馬上抬頭看我。

堇和谷津老師都是一臉震驚，但是我才不管這些。明白春乃是被殺死的之後我已經無法保持理智。

——那個男的把春乃……

這是我更深入理解ＡＰＰ之後所得知的事。

「我想起來還有點事。」

一把抓起書包這麼回答後，我睥睨著一條。

「很重要的事，所以你，不要妨礙我。」

然後，我飛奔出了圖書館。

春乃消失後的這一個星期，我煩惱著不知該怎麼做她才會回來，但其實很簡單。

既然是被搶走的，那麼搶回來就是了。

# 第四章　雙葉草太

幼稚園時我的夢想是大聯盟。

國小時我的夢想是職業棒球選手。

國中時我的夢想是登上甲子園。

現在我的夢想是在正式比賽中獲勝。

我的夢想，扎扎實實地，一年比一年衰老。

「砰」，俐落的聲音響起。四周已經完全暗了下來。在沒有夜間照明設備的我們學校裡，還會留下來練習的熱忱棒球社成員，就只有我和他而已了。

「哇啊，痛死了。你還是一樣厲害呢，草太。」

從棒球手套中拿起硬球，和我一樣二年級的棒球社成員淳平笑了。肥碩的小腹是他的特徵，感覺就是個自甘墮落的傢伙。但是對棒球卻很真心，常常這樣陪我練習投打。

「不過也差不多該回家了吧？很暗了，開始看不到球了很危險。」

「嗯啊，那投打練習就到這裡。我還要再練一下，你先回去吧。」

我用手背擦拭著從下巴滴下來的汗。看到我這樣子後淳平皺起了眉頭。

「……我說你啊，草太。會不會太勉強自己了？你是先發選手，我明白你想贏的心情，但是……」

支支吾吾的他搖晃著雙下巴說著。淳平雖然喜歡棒球，但實力卻跟不上，連一軍都沒有入選。即使如此，他還是常常陪我練習。

可是反過來說，連這樣的他都留下來了，其他正規選手竟然沒有自主練習。

這也是理所當然的。

我們學校的棒球社，說穿了就是平均水準，不強也不弱，很普通的棒球社團。馬上就要開始的甲子園縣級預賽，也是只要贏了兩三場就夠大肆慶祝了。如果能進前八強就堪稱奇蹟，不管怎麼掙扎都絕對沒辦法比準決賽更進一步。

國中時做的夢無法實現。

即使如此我還是無法放棄。

從國中，不，從國小開始，我就發現自己其實沒有這個天賦。只有身材夠魁梧，跟笨蛋一樣不斷練習，才終於達到比普通好一點點的程度。在這方面掙扎，也只是白費力氣，只顯得自己淒慘可憐，老是籠罩在自卑感及徒勞感之中。

可是，我不願接受這個事實。在我心裡某處，依然想相信自己是有才華的。

我想成為自己憧憬的球星。

我不想承認自己只是個平凡人。

「你明白我的心情？」

我用鼻子哼笑，蔑視著他。

「你懂什麼，連一軍都選不上的人。」

接著他只是像受了傷一樣臉色黯淡下來。

「這……是這樣沒錯。但是我也……」

不過他沒有把話說完。接著沉默地低頭，整理自己的東西，轉身離開。

我連目送他的背影離去都沒有。

這麼做之後，我感到清靜地自言自語。

「煩人的傢伙終於都消失了。」

這當然是在說淳平，不過也是在說大約一個星期前我殺掉的她。

我以為可以累積ＡＰＰ的時間，所以一年前才在游泳池幫助她，結果卻**不知為何**並沒有累積多少時間。不僅如此，她還裝熟靠過來，無可奈何之下我和她交往了，可是這麼做依然沒有累積到時間，而且她是個很吵，只讓人覺得厭煩的女人。

更重要的是，她是個後背很噁心，讓人連想抱的欲望都沒有的醜女。

要說她有什麼用的話，就只有練習結束後會準備食物給我吃而已。可是我打從一開始就只想全心全意投入棒球，她還來纏著我，看了非常礙眼。不管我怎麼想拉開距離，她都自我解讀成我「想要專注在棒球上」，真的是個蠢貨。

而就在我極度困擾該怎麼甩掉她時，她手上拿著神秘的ＡＰＰ。

所以我殺了她。

神秘的ＡＰＰ中有這麼一行字「從這個世界上消失」。也就是說只要利用這點消除她，就能毫不後悔地拋棄她。

隔天上學時，她真的消失得乾乾淨淨，沒有人記得她的事，一直到這裡都按照我的想法進行，我甚至覺得清爽無比。

可是，接著發生了意料之外的事。

那就是還有人記得她。

仁、雪月，最糟糕的是吾妻。那天早上在情急之下，我能夠和其他同學一樣，假裝忘了她這個人根本是奇蹟。

不過，為什麼他們三人還記得那個女的？我得到神秘的ＡＰＰ大約兩年了，教學裡盡是模糊不清的用語，搞不清楚意思。總之因為「達成比他人更好的未來」這句話，基本上我都表現得像個好人，但這麼做是否正確我也不知道。

即使如此，ＡＰＰ是真的這件事倒是不會有錯。消除了她之後，我再次這麼想。

這樣的話只要累積時間運用ＡＰＰ，我就還能夠挑戰。

有了ＡＰＰ的話，我就可以重新誕生在更有錢，可以買齊各種練習裝備的家庭，而不是像現在這個連一雙釘鞋也不能想買就買的窮人家裡了。

有了APP的話，我就可以重新進入全國知名的棒球名門學校，而不是這種弱隊學校。

有了APP，我就可以從頭開始。

原本已衰老的夢想，甲子園、職業棒球選手、大聯盟，都可以不必放棄了。

我還**可以去追尋夢想**。

就在我抓起金屬球棒，想要練習揮棒而舉起了球棒的瞬間。

左邊膝蓋突然一軟，讓我站都站不住。一瞬間，火燒般的強烈疼痛從後側貫穿了左大腿，直達骨頭的那股劇痛在我腦中翻騰爆發。

「啊，啊啊，好痛！」

我將金屬球棒撐在地面當作拐杖，想穩住身體平衡，結果這次是露出空隙的側腹傳來激烈疼痛，我連呼吸都無法，朝地面倒了下去。

「怎、怎麼回事……」

我忍住從喉嚨深處上湧的血，低頭看向身體。右邊側腹和左腿後方深深地插著像是菜刀的東西。

被刺了。我被刺了。我一頭霧水抬起頭，那裡站著一個女人。

浮現在黑暗中的白皙美貌。那不是健康的美，而是病態的憔悴。只是纖瘦的臉頰和手腳，雖然憔悴，但並不虛弱，更像是飢渴而益發清明有神的兇猛姿態。尤其是深黑色的瞳孔閃著尖銳的光芒，彷彿要刺死我般地蔑視著我。

「吾、吾妻……妳……為什麼？」

操場的角落，在這個時間不會有任何人經過。我總覺得感受不到她身上有任何情感，與其說是人，更像是猛獸或是毒蟲。看著我這受傷倒地，無法掙扎的獵物，仔細思索著該如何給予最後一擊才好。

「哪有什麼為什麼，不就是因為你殺了春乃嗎？」

她冷冷地丟下這句話，我不禁瞪大了眼睛。

側腹和大腿還插著菜刀，但我依舊勉強站起身，吸了口氣。不過或許是因為過度驚慌，肺臟和心臟開始不聽使喚，空氣無法流經喉嚨，只能像在口中咀嚼氧氣般，淺淺地吸著氣。

「妳……」

當我開口到一半，她撿起金屬球棒，痛毆了我的臉。鼻子痛得像是骨頭被打碎了一樣，刺痛的衝擊不斷傳到腦門深處。我看到被打飛的門牙越滾越遠。我自己也飛了出去，倒地時，刺在身上的菜刀更是加深了疼痛。

「痛、痛死啦！」

全身又痛又熱，完全無法思考。死亡的預感確實地朝我逼近，但我卻不知道該如何理解這件事。

「你在春乃消失的那天早上，對我說我生起氣來很可怕對吧？但這不是很奇怪嗎？如果你不記得春乃的話……如果沒有春乃這個人的話，你應該不會看過我生氣的樣子才對。」

說完，她在地上拖著已經凹陷的金屬球棒前端，走向被打飛的我。那個樣子，很明顯不正常，我忽然想起了她「曾經殺過人」的傳聞。

「畢竟，如果沒有春乃的話，我老早就死了。這個世界，除了春乃以外的人事物，我根本不在乎，連生氣的力氣都沒有。我就只有春乃而已。」

接著她蹲下來，又從書包裡抽出菜刀，這次毫不留情地往我的右大腿刺下。

「唔，啊——！！！」

我發出了簡直要撕裂喉嚨的哀號聲。彷彿那不是自己的聲音一樣，腦袋一片模糊。

這時候，她用癡迷於鮮血的眼神看著我的臉。

「我問你，你為什麼要殺了她？」

她的瞳孔裡盤旋著如同無底深淵的殺意，幾乎要將我整個人拖進去。所有的情感及思考都被她的眼神擊潰，我的內心只剩下唯一一種微小的情感。

那就是醜陋無比的自尊。

「少囉嗦！」

我靠著臂力，硬是推倒了吾妻。

兩腿都被刺穿無法動彈。我要死了。即使知道這一點，我還是沒有辦法改變自己。和以前一樣。即使知道自己其實沒有才華，卻還是接受不了這件事。我只是像個傻子一樣，追逐著理想。我不想改變。

反正我就是這樣——

「你們這些人，全都是笨蛋，都是一群蠢蛋！反正你們都瞧不起我！你們都覺得我在白費力氣……老是做一些沒有意義的事！可是我……我啊！不是該被埋沒在這種地方的人……我和你們這些蠢人不一樣！」

牙齒斷了，嘴唇也腫了起來，因為情緒太激動所以講話口齒不清。

但是，我還是非說不可。

「我哪知道笨蛋會有什麼下場！給我消失，妳也給我消失！明明是個怪人，還裝出一副正常人的樣子，竟敢……瞧不起我！」

吼完之後，身體不停地顫抖。我已經錯亂到連自己說了什麼都想不起來了。

只是視線前方，她搖搖晃晃地站起身。

在我看見她的眼睛時，忍不住，連呼吸都忘了。

「你這個垃圾裡的人渣敗類。就是有你這種只想到自己的人存在，才會破壞他人用鮮血、汗水和淚水建立起來的日常。是你們把我們推到了黑暗的深淵。爸爸、媽媽、春乃，大家都是被你們給……」

或許她看見了幻象，她的眼神沒有焦點，像是自言自語般喃喃地說著什麼。

可是下一秒，那雙明顯扭曲的眼睛，盯住了我的全身。

「下地獄吧！」

# 第五章 雪月堇

「很重要的事，所以你，不要妨礙我。」

結衣用像是理智斷線一樣壞掉的表情這麼說，抓著書包離開了圖書館。完全不讓我們有機會說話的樣子，讓我呆愣在當場。

「……她一個人不會有事吧？」

她離開之後，我輕聲說道，然後坐在對面的谷津老師回答：

「……一定不會有事。」

我感覺到這句話含有其他深意。低著頭的谷津老師看起來果然還有事情瞞著我們。

這時候，一條同學起身。

「我去阻止吾妻。我總覺得有不好的預感。」

「不可以！」

谷津老師突然大叫，讓我不禁顫抖了一下，就連那個一條同學也有一些驚訝。谷津老師的制止，就是這麼地強而有力，猶如真正的尖叫。

「……為什麼要阻止我？吾妻大概……」

「對，我知道。我都知道。但就是這樣才不可以去。」

谷津老師打斷一條同學的話，同時抱著頭。原本整齊的劉海參差凌亂，臉色也變得蒼白。我無法理解他們兩人在說什麼，但我立刻跑向谷津老師。

「老、老師，妳還好嗎？」

我輕撫著谷津老師的背，她緩緩閉上了眼睛。

「……果然，會變成這樣。」

「果然？」

一條同學疑問道。接著谷津老師微睜開眼說。

「……我還沒有說，為什麼我要和你們坦承我擁有ＡＰＰ對吧。」

她繼續說。

「三年前……也發生過類似的事。像這樣有人消失了，不明白發生什麼事的學生們來找我商量，我知道大家手上都有ＡＰＰ，在彼此討論後我開始瞭解ＡＰＰ的本質……然後，我們討論到是誰殺了人。」

谷津老師每一次開口，喉嚨似乎都疼痛無比，說話方式看起來很痛苦。但是她依然拚命地想告訴我們。只是谷津老師的手不尋常地顫抖了起來，睜開的瞳孔像是盯著某個遠方般虛幻。

看到她那個樣子，我的心沉了下去。我雖然不能像結衣或一條同學那樣馬上理解各種狀況，但還是開始隱約明白自己正被拖往多麼可怕的地獄之中。

一條同學平靜地問道。

「之後，發生什麼事了？」

谷津老師用著幾乎要消失的聲音說。

「大家都消失了。不，是被消除了。除了我以外，沒有任何人留下。他們互相廝殺……然後被某個人給殺了。」

她的話，就像冷風一樣吹進了內心深處。我彷彿從骨子裡凍僵般，手開始顫抖了起來。

為什麼我會被捲入這樣的事情中？人殺人這種事，可以這麼輕易地發生嗎？

然後我……一定非得殺了某個人不可嗎？

思考後，我立刻搖了搖頭。沒辦法。這種事我做不到。這麼一來，我只能被殺了嗎？

在不安的我隔壁，保持平靜的一條同學感到疑惑。

「……某個人？不只是互相廝殺嗎？而且……為什麼只有老師妳活下來？」

谷津老師咬著下唇回答這個問題。

「某個人只是我的推測。但是仔細一想，大家都是在有人消失後才個別來找我商量。接著，大家開始疑心生暗鬼，彼此廝殺之後，卻連最後一個人都消失了，這不是很奇怪嗎？要消除他人必須奪走對方的時間，所以最後一定會留下一個人才對。因此我認為還有某個我不知道的人存在，殺了所有同學。」

她握緊了雙手的拳頭。彷彿左右手之中各握著揮之不去的悲傷與憤怒，谷津老師像在責備自己一般，雙手搥打著大腿。

「而就像一條同學所說的，之所以只有我活下來……我想是因為只有我沒有參與廝殺，一直待在這裡旁觀的關係。我完全無能為力。大家都像變了一個人似的，我很害怕，就只是看著。所以，大概是這樣，那名**某個人**沒有察覺到我的存在。」

這時候，谷津老師終於抬起頭。她的眼神中有著強烈的力量，像在請求般看著我們。

「可是，這樣安安靜靜地旁觀也許可以活下來。我就是為了告訴你們這點才找你們過來的。所以，我拜託你們，什麼都別再做了。」

很沉痛的一句話。她的臉上有著恐懼，以及類似使命感的東西。很像善良的谷津老師。或許她一直為了只有自己活下來而感到懊悔不已。

這樣的谷津老師吸引了我的視線。因為我覺得她和我一樣，也是個膽小的人。不能殺人，甚至連想都不願去想。這才是普通人。

這麼一想，我就好像有了可以信賴的人一樣，心情感到輕鬆了起來。

這時腦海中閃過了沒有聽到谷津老師說這些話就飛奔出去的結衣。

我終於明白谷津老師留住一條同學的理由了。

結衣一定是要去殺了某個人。

當我明白時，胸口簡直就要被撕裂。真的安靜旁觀就好了嗎？可以這樣坐視朋友成為殺人兇手嗎？只要自己可以獲救，這樣真的好嗎？

於是，我再次看向谷津老師。和我一樣膽小的人，現在依然受到後悔與罪惡感折磨。

從今以後，我也會這樣活下去嗎？

我的嘴巴比思緒還要早一步動了起來。

「那……」

我的下顎「喀喀喀」地抖個不停，嘴巴沒辦法聽指令活動。好可怕，好可怕。我不想死。雖然感覺要陷入恐慌了，但我握著自己的手腕，維繫住理性與道德感。

「那、那、那、那就更應該……阻止結衣！」

我似乎又要腿軟了。雖然害怕得感覺靈魂就要脫離身體，但是，坐視不管像谷津老師一樣地活著，讓我覺得更可怕。

我是個平凡，沒有任何可取之處，也不顯眼的普通人。所以，沒有辦法殺人。

只是，想要幫助朋友的想法，也是一件很平常的事。

在我鼓起勇氣之後，從旁伸過來的手握住了我的手。

「嗯，妳說得沒錯，堇。我也這麼認為。」

我抬頭，一條同學露出了非常淺的微笑。那像是打從心裡信賴我一樣，被那樣的眼神看著，我的心都要融化了。

國中時，我幫了他，也受到他的幫助，這讓我第一次對自己感到驕傲。如同那時的感動湧起，讓我更加充滿了勇氣。

有他在，無論什麼事我都覺得沒問題。

「谷津老師，謝謝妳告訴我們這些。在這之前，我不知道自己該做什麼才好……但多虧老師，我現在知道該做什麼了。」

聽了一條同學的話，谷津老師的臉皺成了一團。彷彿隨時就要哭出來，她想留住我們的心意傳達了過來。她真的是很善良的人。

沒錯，真的，很善良，和我一樣，懦弱的人。

「……你們，要小心。」

谷津老師只向我們說了這句話就低下了頭。和她道謝之後，一條同學依然抓著我的手，飛奔出了圖書館。

或許是談了許久的話，天色已經完全暗了下來。沒有其他人的走廊不斷迴盪著我和一條同學的腳步聲。我用力踏著地板，拚命奔跑著。不這麼做似乎就會輸給恐懼。感覺只要停下腳步，身體就再也動不了，而我會後悔一輩子。

接著我們抵達鞋櫃，迅速換上室外鞋，我問道。

「一條同學，結衣去哪裡了呢？」

他以一如既往的淡然表情深思。平常有些虛幻，不知道在想什麼的一條同學，在這種非常時期比任何人都還要可靠。

「如果她真的是去殺某個人的話，那一定是現在可以下手的對象。吾妻不是笨蛋。如果對方不只一個人，或者是已經離開這裡很遠了，我想她不會馬上跑出去。所以是即使在這個時間也還有少數人留下，並且有機可乘，能夠偷襲的對象……」

他開始像陷入自己的世界裡思考著。

只是，在過了幾秒之後，突然有人從大門方向往鞋櫃這裡跑來。

「呀！」

「哇！」

我和那道人影撞在一起，忍不住尖叫著跌倒在地。不過，對方似乎也跟我一樣。

「對、對不起。」

我反射性地道歉，轉往那個方向看，是個肥胖的棒球社成員。感覺有些面熟，我知道他和我們同年級。我記得其他棒球社的成員都叫他淳平。

他臉色大變地朝我抓過來。

「救、救、救、救、救命啊！」

突然被粗魯地抓住而湧到嘴邊的尖叫，因為他的話而吞了下去。仔細一看他的表情，驚慌失措，臉色蒼白，可知他非常著急。

「冷靜一點，怎麼了？」

一條同學從旁插話，安撫著他，他喘著氣說道。

「草、草太，草太要被殺了！我剛結束社團活動，正、正要回家！可是聽到草太的哀號，就回去看看，結果他、他被人攻擊，我、我我、我太害怕了，所以，所以就！」

他一股腦兒地連珠炮說著，很明顯受到了驚嚇。而他所說的話讓我有不好的預感，全身冰冷了起來。一條同學似乎也一樣，他努力不要催促淳平同學，慢慢地問道。

「地點在哪裡？還有……攻擊草太的人是誰？」

淳平同學馬上回答。

「操場，棒球社用來練習的地方，對、對方是吾妻！」

彷彿這句話證實了他的想法一樣，一條同學轉向我。

「我們走，菫，必須快！」

「嗯、嗯。」

我快速回答後，兩人開始跑了起來。然而這段期間，心臟附近充斥著不安與困惑。

我沒想過結衣的目標會是雙葉同學。畢竟雙葉同學是春乃的男朋友，而且也不記得春乃了。也就是說，他並沒有ＡＰＰ。難道那全都是為了讓別人這麼想而裝出來的演技？

可是，為什麼雙葉同學要把春乃……

越想疑問越多。即使如此，現在也只能盡全力往前跑了。情況分秒必爭，必須快一點。

跑在我前方幾步的一條同學直接穿過玄關前的圓環，跑下斜坡，踏入了棒球社作為練習場使用的操場。在漆黑的夜晚籠罩之中，三壘側的圍欄附近感覺似乎有人影在晃動。於是一條同學往那裡奔去，比我早一步繞到圍欄後方。

可是，他在那裡停下了腳步。眼神中染上了不像他的驚愕之色。

「這是……」

我來到說不出話的一條同學身邊，也往圍欄裡面一看。那裡環繞著綠色的網子，像是投手和打者用來練習的地方。只是腳邊的土堆上散落的肉塊飄出讓人胃部緊縮的惡臭。其他還有被撕裂的棒球制服，以及只在課本上看過的人類器官噴濺得到處都是。

在這樣的黑暗之中，閃著銳利鋒芒的深灰色刀具，沾滿了鮮血和脂肪，露出明亮光輝。

「哎呀，你們還是來了呢……不過，慢了一步。」

握著兇器的殺人兇手踩著血肉模糊，分不清是誰的屍體上，站在前方。

「要是再早一點，就可以看到我切爛這傢伙的樣子了。」

「嘔！」

為了忍住突然出現的反胃，我不禁摀住了嘴巴。映入眼簾的情景實在太過刺激，我感到陣陣暈眩，腦袋一片空白。只要一個分神，感覺隨時都會昏倒。

「覺得噁心的話還是吐出來比較舒服喔。不過在妳習慣之前我勸妳還是快點離開比較好。」

結衣平靜地看著我，一字一句說道，冰冷的眼神令人一陣發寒。一條同學往前一步，像是要幫我擋住那有如猛獸或毒蟲的視線。

「為什麼，要這麼做？」

他質問的語氣既緊張又僵硬。似乎是被結衣幾乎變了一個人，渾身是血的樣子給震懾住了。

不過，一條同學還是努力想思考，所以他才會提出問題。結衣為什麼要做到這個地步，為什麼能夠做到這個地步。

她手上緊握的菜刀，為什麼看起來如此熠熠生輝。

這詭異的情景，殘虐得讓人不忍卒睹，又毛骨悚然，卻不知為何移不開視線。得水之魚，或說是得血之殺人魔，結衣暢快凜然的姿態，強烈地烙印在眼膜上。

「為什麼，呢？」

不帶感情的聲音，就像是失去所有情感的荒野般平坦、淡漠的話語。

她反手握住菜刀，如同槍口一樣漆黑充滿殺意的視線投向了腳邊的屍體。

然後，竭盡全力往下揮動。「噗」，發出了肉被刺穿的聲音，接著是骨頭碎裂的鈍響。仔細一看，那是屍體的脖頸處，被砍斷的頭顱滾落在地。

原本是圓形的輪廓四處凹陷，撕裂的臉頰及碎裂的頭部，看起來是被不斷毆打過。然而，那確實是雙葉同學的頭，我的理解能力終於跟上了現實。

來不及了。結衣**已經變成了**殺人兇手。

可是，我的悲傷及絕望，卻被她的一句話給嚇跑了。

「因為，我本來就是殺人兇手。」

「咦……？」

聲音從喉嚨深處溢出。在她的陰鷙之前我眼睛眨都不敢眨一下，雙眼乾澀發疼。

結衣沒有回頭，蹲下來繼續道。

「我小時候，殺了闖進我家的強盜。他殺了我爸爸和媽媽，所以我殺了他。否則，我一定也會被殺。我只能殺了他。」

呢喃說著的她，背影不停顫抖。她的樣子看起來令人心痛，卻又像捲成一團的刺蝟一樣，帶有一旦碰觸到她，就會被刺得千瘡百孔的危險。

「……吾妻，妳在說什麼？」

一條同學謹慎地詢問。那時候，他往後退了半步。結衣散發出強烈的不好預感，以及壓迫感，就像暴風一樣席捲而來。我忍不住握住他的手，屏住氣息，兩人一起撐住。

「是呀，聽不懂吧。反正你們不會懂的。每個人，每個人都說我是瘋子。」

飽含力氣的語調轉為低吼，結衣抓起了雙葉同學的頭。右手沾滿了噴濺而出的鮮血，被染成了大紅色。浮出的血管看起來就像鎖鏈般，將她束縛在斑斑血跡之中。

「這個果然才是我的日常，春乃帶給我的環境並不適合我。她好不容易替我擦拭乾淨的這雙手，又被鮮血給弄髒了。已經回不去了。我……我！」

「都是這傢伙害的，讓我又變回了殺人兇手！不會再有人願意握起我的手了，春乃已經不在了！我們到底做了什麼？只是平凡地活著，卻因為貪得無厭的垃圾而受辱、受傷、受迫害。看到這個樣子你們這些普通人卻說我們發瘋了！開什麼玩笑，你們這些偽道學！你們是要我乖乖受辱、受傷、受迫害嗎？笑死人了！像你們這種偽道學只看得到我們壞掉的地方，但卻對我們為什麼壞掉，為什麼受傷這些看不見的黑暗部分裝作不存在！所以我和春乃才會咬緊牙根活下來，但是連這些時間都被毫不在意地剝奪了，我們的未來和過去全都被破壞得一乾二淨！自以為是普通人的偽善者，全都下地獄吧！不懂他人痛苦的人渣一輩子在底層掙扎吧！去死！去死！去死！」

結衣不斷不斷地往下揮動手臂，她每揮一次，已經失去原形的雙葉同學頭顱就濺出更大的一攤鮮血，她看起來就像沉入血池中一樣。

「吾妻……」

一條同學啞然失聲。一定就如結衣所說的，我們這些偽善者無法明白那個地獄中的事。光是看著就想吐了，更是不可能去理解。也因此只要我們不曾去到那一側，嘗過相同的痛苦，就連同情之意都無法產生。

因為我現在，就只是一味地覺得她很可怕。

簡直就像一頭猛獸。完全神智錯亂，想要拔除自己的指甲，粉碎自己的拳頭般，不斷揮動手臂的樣子看起來不像是人類。

我沒有辦法理解她。

「春乃說過，打從骨子裡壞的人或是瘋子，才不會為此煩惱。就算有些和他人不同的地方，只要我還會覺得苦惱，我就是個普通人。所以，瘋狂的人不是我，是他。是這個垃圾人渣不好！所以我才殺了他。我……我沒有錯！」

過度激動的身體不停顫抖著，結衣喘著氣抱住全身。然後溢出了嗚咽聲。即使從旁觀看，也可以知道她的感情變得支離破碎。
但是我還是不能動彈。應該至少開口安慰她一句話的，我卻張不了口。
不過這時候，一條同學輕輕吸了一口氣。我看向他，他吞了口唾沫，強而有力地注視著結衣。那不是責怪，也不是同情，而是抓著一線希望，想要獲得答案的表情。
「那……現在的妳，是普通人嗎？」
接著一條同學繼續說道。
「妳說殺了草太的自己沒有錯，但這是普通人嗎？如果真如妳轉述的春乃說的話……那麼現在的妳不也是個壞人嗎？告訴我。我、我也不是普通人。所以……回答我，吾妻！」
那一點也不像他，是充滿了情感的一句話。只有我知道。平常看起來缺乏情緒起伏的他，其實也有感性的一面。我知道被人說瘋子、怪人、問題兒童的他，對於普通這個詞有多麼渴望。
結果結衣再次顫抖，像被電到一樣站起來並轉身，朝著一條同學逼近，用沾滿血的手抓住他的衣領。
「你懂什麼！反正你只是悠悠哉哉地活著，從來沒有吃過苦對吧！」
她的樣子非常悽慘。一半以上的臉濺滿了汙血，只有眼睛，或許是哭腫了的關係，如同火焰般散發光輝，擁有堅強意志的美貌不復存在，像是打從靈魂在吶喊。

她的前額撞向屏住氣息的一條同學大喊道。

「你們說的普通一點也不普通！只是因為人數比較多就擺出了不起的樣子，只是輕視少數人的暴力！你們幻想有所謂的普通，卻連眼前的事物都不願正視，只會不斷否定和拒絕，然後把我們當成壞人罷了！」

之後結衣用盡力氣推倒了一條同學，並睥睨著跌倒在地的一條同學說道。

「我……絕對會救回春乃。不管你們說什麼，不管要我做什麼，不管用什麼手段，我絕對會脫離這種地獄。」

說完後，結衣轉身，翻找著就放在旁邊板凳上的雙葉同學書包，撈出了他的手機。接著，畫面自然顯示出神秘的APP。

中間有個巨大的沙漏。雙葉同學的沙漏裡只累積了不到四分之一。而結衣沒有進行任何操作，畫面上就自己顯示了某個提示訊息。

因為隔了一段距離，看不清楚上面寫了什麼。但是個平常操作APP時沒見過的訊息。那是……

「等……！」

等一下，不可以！我想要說這句話。只要按下去了，就覆水難收。然而，結衣已經殺了雙葉同學，從更早以前她就是殺人兇手了，事到如今一切還有什麼意義。所以，我的嘴巴沒有動。

下一秒，結衣按下提示訊息後，周遭的血和內臟消失，讓人想吐的氣味也消散。雙葉同學的書包、掉在地上的球棒、結衣手中他的手機，一切都消失得不留痕跡。

她剛才，奪走了雙葉同學的時間。

「妳等著我，春乃。我馬上救妳回來。」

這麼自言自語完，她全身儀容恢復整潔地轉過身。然而，在我看來，結衣身上似乎仍然沾滿了飛濺而出的鮮血。

我還記得她是殺人兇手。

「結衣……」

就算我呼喚她，她也只是用著殘虐且兇狠的眼神看著我。

**「敢妨礙我，我就搶走你們的時間。」**

眨也不眨的眼睛瞪著我，她這麼說。因為這句話而動彈不得的我在輕蔑的餘威壓迫下，移開了視線。結衣快步離去。

結果我什麼都做不了。只能無言以對，沒辦法接納結衣，也沒辦法理解她。

這時候，隔壁傳來輕聲問句。

「妳還好嗎，堇？」

從地上起身的一條同學擔心著我。

但是我連回答的力氣都沒有，膝蓋一軟，當場跌坐在地。

「對不起。」

我簡短回應後，忍不住就地嘔吐了起來。雖然消失了，但雙葉同學屍體的氣味、聲音，以及景象，都牢牢地攀附在眼底深處、耳道內側和鼻腔深處揮之不去。結衣究竟忍受了幾年這樣的痛苦？

「對不起，對不起。」

我吐出胃裡所有的東西，雖然感覺糟透了我還是不斷說著。這句話不是說給一條同學聽，而是說給至少我認為是我好友的結衣。

「對不起，我都沒有發現。對不起，我沒能理解妳。」

「堇……」

站在我身旁的一條同學皺起了眉。臉上有著陰影，只有視線追在結衣身後。她的背影已經離得老遠，像是被拖入無邊無際的黑暗之中，漸漸消失。

我們已經看不見她了。

無法成為她的支柱。

過了一陣子之後我們踏上歸途。一條同學送我到家門口，但路上我們一句話也沒說。我和他，就是受到了如此劇烈的衝擊。

然而諷刺的是，時間依舊在前進。就算有某個人的時間消失了，那也只不過是從川流不息的大河水面掬起一瓢水，大河，時間，仍是不為所動地向前流去。

我們就只是浮在河面上的草船。只能被動地受流水推進，即使消失了也不會造成困擾。

就這樣，度過了一個鬱悶，以為永遠不會結束的夜，隔天，早晨如同以往到來，到學校去，迎來普通的日常。

可是那天早上，「吾妻結衣」四個字從我們教室的學生名冊上消失了。

# 斷章

我從以前到現在，一直被人說不知道在想什麼、感覺很噁心，所以被揍、被踹。從我懂事開始，父親就在獄中服刑，母親因為生活壓力而對我施暴，附近的鄰居也因為我是罪犯的家人而以鄙視的眼神看我。

可是，這就是所謂普通。疼痛是天經地義的事，為了在這樣的環境活下來，我很自然學會深思，取而代之的是讓情緒沉澱到內心的深處。無論何時我都表現得波瀾不驚，結果就在不知不覺間真的一切都變得波瀾不驚。不，或許打從一開始一切就都是如此平靜無波。

一個人活著是如此理所當然。

只要我說覺得寂寞，覺得痛苦，母親就會歇斯底里，所以我只能閉嘴什麼都不說。

我也沒有想過要求助。

我一直以為這對活著來說是很稀鬆平常的事。

可是，看來我成長的環境，一點也不普通。

從某一次起，母親開始帶著不認識的男人回家，開始使用奇怪的藥物和針筒，不久後，就連母親都被抓走了。

所以我被遠房親戚的一對夫妻收養，那是在升小學前不久的事。接著，我被教導了很多常人的普通。

一天吃三餐。家裡有電視。家裡的牆上不會被噴漆，也不會突然被打破玻璃。不會挨揍。爸媽每天都會回家。

學到這些之後，我終於知道自己之前過的並不是普通的生活。

但是那時候，我開始思考。

如果，我真的出生在這個家庭，那麼我的人生會是什麼樣子。

我是否，也能成為普通人。

還是說，我依然無法是個普通人。

這個疑問一直纏繞在我內心深處。即使到了國中、高中，依然在啃食著我。

有問題的，是環境嗎？

或者真的是我本身有問題？

不知道。好想知道。

就在這時，神秘的ＡＰＰ出現了，春乃消失，吾妻殺了草太。

這個衝擊實在太過巨大了。吾妻的精神竟然崩壞至此，看到她壞掉就像變成了另一個人，讓我驚訝得說不出話。可是對她來說，那個壞掉的樣子才是**真正**的她，平常的樣貌只是經過修飾的**偽裝**，當我理解到這一點時，一切都已經太遲了。

吾妻已經不在了。

有人殺了吾妻。

然後，我想起了吾妻的話。

「像你們這種偽道學只看得到我們壞掉的地方，但卻對我們為什麼壞掉，為什麼受傷這些看不見的黑暗部分裝作不存在！」

「春乃說過，打從骨子裡壞的人，或是瘋子才不會為此煩惱。就算有些和他人不同的地方，只要我還會覺得苦惱，我就是個普通人。所以，瘋狂的人不是我，是他。是這個垃圾人渣不好！所以我才殺了他。我……我沒有錯！」

「我……絕對會救回春乃。不管你們說什麼，不管要我做什麼，不管用什麼手段，我絕對會脫離這種地獄。」

菫那時候說「對不起，我沒能理解妳」。

每個月有一天，我的丈夫會去跟情人見面。

他在上車前看了看信箱說「有信哦」，把郵件交給我。

夏季的夕暮時分，我暫且停下澆花的手接過那疊郵件，混在帳單、ＤＭ廣告之中，有個書籍尺寸的厚實信封，從東京寄來的。寄件人是個陌生的名字。

「需要買什麼東西回來嗎？」

我回答「不用」，丈夫便點點頭，說他明天回來，然後上了車。

和他說了聲「路上小心」，我繼續澆花，手指按住水管前端，把水捏成一片薄膜，花灑前幾天壞掉了。對了，應該請他買花灑回來才對——我思考要不要打電話，很快又打消了念頭。

——在明天之前，那個人不是我丈夫。

我調整水管的角度，朝著上方噴灑水膜。

悶熱的橙色空氣中灑落一整片閃閃發亮的水珠，我看著這美麗的景象，等待不久後即將升上西方天空的金星。

——是晚星。

# 宛如星辰的你

汝、星のごとく

凪良汐

Yuu Nagira

試閱本

很像人很好又膽小的她，很老實地吐露出自己的心情。董一定無法理解吾妻的。

可是，我卻理解了吾妻的想法。

我可以同理她。即使不至於認為她做的是對的，我也不認為她做錯了。我不知道草太是基於什麼原因殺了春乃，但不管有什麼原因，殺了春乃，我覺得就像吾妻所說的，草太是個瘋狂的傢伙。

所以我認為那麼重視春乃的吾妻會殺了草太也是理所當然的事。

這個當然也是復仇，但應該不只如此而已。因為吾妻奪走了草太的時間，也對我們說「敢妨礙我就搶走你們的時間」。

因為吾妻是想要累積時間救回春乃。

無論她看起來壞得多麼徹底，還是會為了自己最重要的人而獻出一切。

所以，我仍舊不認為吾妻是個瘋狂的人。

這麼想的我，果然是個瘋子吧。

# 第六章　雪月菫

長達兩個小時的美術課，是在整個校園內自由寫生。

班上同學各自分散到校舍或操場等中意的地方，畫自己喜歡的風景。個性調皮的同學爭先恐後地，像是出閘的野獸般溜到了遙遠的地方，其他人則跟在他們之後走出教室。手上拿著素描本和鉛筆。而大家的口袋裡都放著……手機。

美術老師很特立獨行，很尊重自由，他要我們享受畫畫，享受創作後，就送我們離開教室。但是，我相信超過半數的學生一定是隨便畫一畫，三不五時玩玩手機，或是和朋友打打鬧鬧。這是很自然的事。

走在前方的同學開心地閒聊著，跑出去的調皮同學在走廊那邊被其他教室正在上課的老師大罵。

大家都很普通。和平常一樣。

但是，我們班上到處都沒有結衣的蹤影。

而大家都帶著手機。

搞不好殺了結衣的某個人，就在這裡面。

下一個，或許換我會被殺。

「堇。」

當我低頭走在人群後方時，身旁傳來聲音。我嚇了一跳抬頭，一條同學就走在旁邊。

他乍看之下也和平常一樣。像是睡亂的自然捲，加上平淡靜漠的舉止。缺乏情緒表現的表情總是看起來很聰明，那雙彷彿能夠看穿他人所不知事物的細緻黑色瞳孔正俯視著我。

「妳還好嗎？」

他的視線帶著些許的擔心。不是只有他這麼問我。光是今天，班上的同學就都擔心我是不是身體不舒服。

而其中，當然也有沒見過的學生，是取代結衣的人。

他出聲叫我時，老實說我都快吐了。

「……我不知道，對不起。」

我低頭回答，一條同學沉默了下來。只不過，他還是繼續走在我身旁。穿越走廊時，同學紛紛各自散去，不久後只剩我們兩人。他果然是特意要陪在我身邊。

然後，我們走上屋頂。推開生鏽的逃生門時，發出沉悶的聲音，刺眼的陽光灑了下來。夏日晴空萬里的藍與白強烈閃耀，烙印在眼簾中。

馬上就有一片厚厚的雲層被風吹了過來，遮住了烈日。接著四周淺灰色的影子和涼爽的風一起降臨。風中混雜了青草味，有些嗆鼻。

「……妳不明白吾妻身上發生的事吧。」

我們走到屋頂角落設置的長椅後，一條同學靜靜地開口。

四周沒有其他人。回頭不遠處就是圍欄，可以俯瞰操場。凝神一看，有幾名同學在樹蔭處。

「……嗯。」

我點頭，一條同學深深嘆了一口氣。我窺視著他的側臉，還是不明白他在想什麼。但是，他的表情像是在猶豫著什麼，或是煩惱著什麼。

我耐不住再次出現的沉默，這次換我開口。

「結衣是被殺死的吧？」

「是呀。」

我的胸口一陣苦澀。失落感貫穿胸口，像是被刨開了一個大洞。然後不知道是象徵痛楚的鮮血，還是象徵悲傷的眼淚撲簌簌地滿溢出來，我覺得就要溺斃在恐懼之中。

「……會是被誰殺死的？」

我喘著氣繼續道。

「是怎麼……被殺死的？」

人殺人。當然就在這一秒，世界的某個角落也有某個人被其他人殺死，這我可以理解。打開電視常常可以看到這類的新聞。

只是，我從沒實際看過死亡現場，也沒看過殺人現場。不論直接目擊到哪一個現場，都極具衝擊性，帶有靈魂打從深處冷透的惡寒，狂亂的情緒如暴風般襲來，彷彿心中的一切都被摧毀殆盡。

這就是昨晚，或者是今早，再次於某處發生的事，這個事實讓我內心完全耗弱。

一想到那麼悲慘的事發生在我朋友身上，就全身凍僵。

而且消除結衣就代表對方奪走了時間，那麼對方很可能為了奪取時間而打算攻擊我和一條同學。

都已經這麼疲憊，這麼受傷了，卻連喘息的空檔都沒有。

我因為恐懼，就連呼吸都感到痛苦。

逃離不了。

「不知道。」

一條同學平靜地回答。他淡淡地說著，抬起頭看向前方。

「但是，接下來我們或許會成為目標，必須先想好對策。」

他很可靠，不僅如此，看起來還離我很遙遠。總是不為所動，清晰明快，和我完全不一樣。
「你好堅強。」
我低下了頭。交握在腿上的指尖互相纏繞，就像我的腦海一樣，亂成一團、動彈不得，也不想動。不知道從何抽絲剝繭起才好。
不過我這麼說完，一條同學沉思了一下後才回答。
「堅強，嗎？那麼，堅強是什麼？」
接著他在我交纏的手指上輕輕覆上手心。
「無法幫助朋友，無法給予理解，為此而受傷的妳一定也很堅強。這是我……沒有的特質。」
貼在我手上的皮膚溫度很高，像是包覆著我一樣讓人安心。他果然也有心，也留著熱血，我感受到他是活著的。
我們一樣是人類。
而這一點，結衣，還有殺了結衣的人也相同。
同樣是人類，卻有如此大的差異。
「一條同學，你怎麼看昨晚的結衣？」
我忍不住脫口而出了疑問，或許他能夠理解我無法理解的事。

因為他也曾有過辛苦的人生。國中聽到他的成長背景時，因為太過轟轟烈烈讓我一度跟不上。

一條同學深深嘆了口氣後回答。

「我……不認為她瘋了。我可以理解她所說的話，因為吾妻還是一心想著春乃。這一點並沒有改變。」

「……這樣啊。」

這一瞬間，他果然就像在離我非常遙遠的地方。雖然手碰著手，但我們之間彷彿有一道永遠無法跨越的牆，感覺我們看到的景象完全不同。

但是這時候，他用力地緊握我的手。

我低下眼，他的手微微地在顫抖。

「我果然，是個怪人。」

話中帶著不安。迷惘著，煩惱著，像是自問自答的聲音。

這樣的聲音感染了我。而他的手更進一步傳來的熱氣，訴說了他果然也是人類。

看著這樣的他在眼前，原本胸口被刨開的失落空洞中，我感受到了心臟強而有力的跳動。熱潮上湧，滿溢著想為了他做點什麼的情緒。

我對這種感覺有印象。和昨天谷津老師告訴我們神秘ＡＰＰ的事，在我想著必須阻止結衣時的情緒類似。

這是名為勇氣的，微小衝動。

我沒有給自己思考的時間，鬆開了交握的手指，一改剛才的態度。然後回握住一條同學的手。

「你不是怪人……不，就算你是怪人也沒關係。」

我抬起頭，盯著他的眼睛。雖然很稀微，但還是看得見裡面有著情感的晃動。就像在黑暗中搖曳的燭火般，真的是非常微小的晃動。

但是，正因如此，我更覺得不能錯失在漆黑之中散發光芒的那道燭火。如果他因為悲傷流淚而澆熄了那道火光，那會讓我坐立難安。

而且更重要的是，不知道什麼時候會被殺，讓我心中湧現的勇氣在呢喃。

只有這個機會，只能趁現在說了。

「因為，我喜歡這樣的你。」

從國中開始，就已經積在喉中好幾年的話語，一字一句的發音比想像中的還要清晰。試著說出口之後，是個舌頭回饋與咬字都很舒服的一句話。心臟用力震動，血液快速流動，身體逐漸發燙，但我並不後悔。

「所以，別擔心。你是個普通人喔。」

他驚訝得說不出話，眨了好幾次眼，彷彿太不真實而垂下眉頭看著我。

他和我並不相同。生長在和我完全不一樣的環境，一直身處在遙遠的地方。

但我們還是能夠這樣牽著手，彼此對視。

光是這樣，就帶給我想活下去的勇氣。雖然恐懼、害怕，但帶給我不想輸的衝動。

而這時候，我感受到他眼底深處微小的情感之火，變得更強力穩固了。

「謝謝妳，堇。」

那是我從未聽過的溫柔嗓音。一條同學的唇邊輪廓像是安下心似地柔和起來。

「別擔心，嗯，別擔心。」

在彷彿確認般複述幾次後，他告訴我。

「我一定會，保護妳。」

強而有力的聲音，像在鼓勵我似地敲在心上，陣陣溫暖。

「能夠遇見你真的是太好了，我也會為了你加油。」

光是彼此訴說，心中就被填滿了。這讓我又開心又充滿力量。

「嗯，那……總之我們先畫畫吧。我會再思考一下對策。」

放開手，拿起畫筆的一條同學，話語中別有深意，但我不覺得有到需要詢問的程度。

然後我們彼此翻開素描簿，開始各自寫生。

鉛筆摩擦紙張的清脆俐落聲響此起彼落。雖然安靜，但和剛才不同，感覺很舒服。將意識專注在鉛筆創造出來的紙中世界，是最有效的逃避現實之法。

所以在繪畫途中，不知不覺間，我想起了與一條同學相遇時的情況。

同時，一名好友的臉浮現在腦中。

「不知道亞美現在在做什麼呢？」

然後一條同學抬起臉。

「七濱同學？怎麼突然這麼說？」

我的嘴角自然浮現出微笑。

「我想起和你第一次說話也是在美術課，然後就接著想起亞美了。」

「這樣啊……確實是呢。」

回應著我的他目光遙遠了起來。視線從操場向上轉移到天空。

我跟著他的視線，低聲道。

「好懷念喔。」

國中時，我從來沒想過自己是為了什麼而活。

我很認真念書，所以成績還可以。但那並不是因為我喜歡念書，而是因為老師和父母都這樣要求所以我才這麼做。因此嚴格來說，比起認真，或許說是順從更貼切。我很膽小，所以一直都是按照師長說的話成長。

其他還有，像是社團活動，我不擅長運動所以沒有參加社團。但在家中也沒有特別的事情要做，因此每天的功課就是幫忙做家事以及帶家中的狗去散步，總是晚上十點就上床睡覺，假日就和朋友出去玩，或是全家一起去旅行，每天過著這樣的日子。

我是個普通的人。

所以心中某處總是感到無聊。

漫畫或小說中，和我差不多年紀的孩子們過著耀眼的青春生活，有時候還會為了拯救世界而戰，但我卻只能看著而已。因此我偶爾會抱著淡淡的期待，期待天外飛來一筆，讓我變得很特別，結果卻什麼也沒發生。

我一直是個旁觀者。當然這不單是指我是個漫畫或小說的讀者，即使是現實世界，我也只是常常看著他人而已。

像是她，七濱亞美。我從小的玩伴，才國中三年級就和成年男子一樣高，是好幾間外縣市的排球名門學校都提供入學優待的超級明星。她不只是排球打得好，雖然有點粗魯，但這一點讓她看起來很帥氣，性格也很豪爽，很受其他人歡迎。

不過就算她有這麼多機會，每次看到我她還是開朗地舉手向我打招呼，偶爾在社團活動休息的日子，也會和我一起玩，是很為朋友著想的人。

所以亞美看起來更加耀眼了。

「妳怎麼了，堇？」

那是暑假即將到來，第一學期末的午休時間。當我呆呆看著曬成小麥膚色的亞美時，她注意到我，於是走向坐在教室後方座位的我。

像豹一樣充滿彈性的小腿有著健康的線條。齊平的短髮則像狼一樣勇猛，每次開口說話就能夠窺見的虎牙滿是力量。她有著這樣些許野性的不羈，但又如同杜賓犬般身材纖細健美，帶著英氣的臉五官端正。

「找我有事嗎？」

「咦？啊，啊啊，沒有，沒什麼事。我只是在發呆。」

這麼回答後我擠出笑容。雖然我是盯著她看，但其實並沒有特別涵義，只是無意識地看著她在教室裡最大的一群人中心聊天。

或者該說不這麼做，我就不會直視她了。因為她就像漫畫或小說中會出現的人物一樣閃亮，老實說，我有點不知道該怎麼和這樣的她相處。

當然這並不到討厭的程度。亞美願意和我這種人成為朋友，也沒有做什麼壞事，她一直自帶光芒，大家都很喜歡她。

倒不如說做了壞事的人是我，所以我才有點不知道怎麼和她相處。

那是剛進入小學不久後的事。亞美說想要打排球，所以邀我一起去。但是我是運動白痴，因此提不起勁，可是又沒辦法拒絕別人的邀請，於是我半推半就地開始打起了排球。

結果不出所料，我完全不知道該怎麼運用身體，在旁人的鼓勵下勉強努力了一年，可是卻在一次練習時跌倒骨折，於是我就順勢退出了。

那時候亞美非常過意不去地向我道歉。比男生還要爽快的亞美一副快哭的樣子，說些像是「對不起勉強妳打球」，或是「妳很不快樂吧」之類的話。事實上我們加入的俱樂部教練很嚴格，我常常因為惹他生氣而哭，亞美很在意這件事。

之後亞美變得很顧慮我。說白點，她開始保護我。一起走在路上時她一定會走在外側，幫我提重物；在學校如果要分組或找人一起玩，她都會第一個找我。

對她來說，我是兒時玩伴、朋友、弱小的人、該受保護的存在。

這種對待方式，真的讓我有些吃不消。

因為這讓我覺得好像是我太弱了，所以在扯她後腿。

「真的嗎？很可疑喔……」

只是亞美似乎沒有察覺我對她的想法，她坐在我的桌上，蹺起二郎腿。

然後循著我剛才的視線，看向她先前聊天的大群組。不過她的視線並沒有停下來，而是往更前方，聚焦在位於教室窗邊座位安靜閱讀的一名男同學。

「又是一條嗎？妳的喜好還真特別呢。」

「什麼？」

被突然這麼一說，我的臉頰熱了起來。剛才我的視線延伸處確實是他。他是個有著與其他同學不同氣氛的神奇男孩。大家都說他是怪人，但我卻被他那樣的氣氛給吸引，因為一條同學身上也有種特殊的感覺。那和亞美那樣自帶光芒的特殊完全不同，而是晦暗，像是要把我拖進去似的，帶著神秘的東西。那隱藏著陰暗的無機質感，彷佛在如同白色畫布的平凡無趣日常中落下一滴黑墨，忍不住吸引了我的目光。

只是，這一次我真的不是在看他，因此我馬上出聲抗議。

「才、才不是！完全不是妳想的那樣！」

「哈哈哈，別生氣嘛，抱歉抱歉。」

她就像清爽的夏日晴空般開朗地笑著。表情沒有任何一絲陰霾，打從心底信賴我。然後她將手放在我的頭上。

「加油喔，我支持妳。」

無論對誰都常常有肢體接觸，人際距離很親密的亞美直接輕撫著我的頭。我們身高差了二十公分以上，而且她還是坐在桌子上，我則是坐在椅子上。完全是一種俯視的角度，被當成幼兒對待。

於是有種不悅的感覺湧上喉頭，我嘟起了嘴。

「……妳就是老是這麼做，才會連女生都向妳告白。」

「這、這是因為……」

這次換亞美勉強擠出笑容了。她外在的耀眼光芒雖受男生歡迎，但更加受到女孩子喜愛。以往的情人節也都會收到需要用紙袋裝著抱在手上的巧克力數量。這和年級高低無關，亞美受到女孩子歡迎的程度確實是學校裡的任何男孩都難以望其項背。

亞美的手離開我的頭後，我馬上站起來，伸手去拿鉛筆盒。下一堂課是美術課，差不多該去美術教室了。

「喂，等等啊，董，別鬧彆扭嘛，是我不對。」

亞美立刻收拾自己的課堂工具，追上了我。離開走廊，穿過教學大樓，我們往特殊大樓走去。

「我才沒有在鬧彆扭。」

「才怪，妳就是在鬧彆扭。」

「就說我沒有在鬧彆扭了！」

我氣呼呼地回嘴後，從鼻子哼了一聲就加快了走路的速度。但和我說的話相反，我還是覺得不太高興。那是由對一條同學的心意被說破而感到的困窘，以及被亞美當成幼兒對待的煩躁感所組成。裡面還夾雜著不知該如何與她相處的想法，有一種對於她以監護人自居的態度產生反抗之心的感覺。

或許是因為這樣，即使到了美術教室我和她依然無話可說。亞美找了很多機會想要道歉，但我固執地不願聽她說。

結果，我錯了。

從這次開始，美術課的課程內容改成兩人一組互相幫對方畫人物像。平常這種情況總是與亞美一組的我，這時候就找不到對象了。

即使去問其他交情比較好的朋友，大家也都說「我以為妳會和亞美一組」。亞美自己不缺同組的對象，她雖然一臉抱歉，仍是和其他人組成了一隊。

這完全是我自作自受，我淺薄的想法馬上獲得報應。再這樣下去，搞不好接下來的好幾個小時，都要和幾乎沒說過話的人一組了。

這麼一想我就更鬱悶了，這時，背後傳來聲音。

「雪月同學妳也還沒找到人嗎？」

一回頭，一條同學站在那裡。

「……咦？」

我雖然在意他，可是從來沒和他說過話。國一國二時我們不同班，即使到了國三，這一學期我們也沒有交集。

「……雪月同學？」

看到全身僵硬的我，一條同學疑惑地開口。沉靜的黑色眼瞳就像黑夜裡的池水水面，乍看之下眼睛不大，但給人深不見底陰暗的感覺。不過同時，裡面又浮現出聰明的光芒，像是搖曳在水面的銀色月光，無從掌握，帶有朦朧的印象。

他果然有種從本質上就和其他人不同的感覺。

這樣的他被人說成是怪胎，在班上有點受到孤立，所以沒有人要和他一組吧。我看了看四周，除了我們之外大家都已經組好隊了，正準備開始畫畫。

看到這個樣子，我向一條同學點點頭。

「啊，呃，嗯，我也……還沒找到人。」
「這樣啊，那就一起吧。」
我和他面對面坐著，各自拿起畫筆。但在這段期間，我的內心不斷騷動，剛才對亞美的反抗之心早已不知飛到哪去了。
──怎、怎麼辦……找點話題聊天比較好吧。
正當我煩惱時，一條同學開始盯著我看。為了畫人物像這是很自然的舉動，但我卻覺得很害羞，迅速低下了頭。
「……雪月同學，妳不抬頭我沒辦法畫畫。」
「對、對不起。」
雖然道了歉，但害羞就是害羞。為了想辦法處理紅到耳根的羞色，我試著出力擠壓胃部想鎮定下來，也試了暫時停止呼吸，但只是讓臉更紅而已。
一條同學皺起了眉。
「妳還好嗎？感覺身體不太舒服。」
因為我始終沒有正面抬起臉，而是低著頭，所以他擔心地說。沉靜的眼神分析般注視著我。已經到極限了。
「我、我去洗一下臉！」

我反射性地站起來，飛奔出熱鬧的美術教室，往洗手檯跑去。總覺得呼吸微妙地有些困難，彷彿自己不再是自己。像是體內出現了一架引擎，雙腳自己動了起來。

然後我用水龍頭流出的冷水拍在臉上，深深地吐了口氣。

「呼……我要冷靜一點。」

夏天的風誤入了敞開的走廊窗戶，吹在了濡溼的臉頰上，涼爽又舒暢。雖然心中還在悸動，不過我作好「這樣就沒問題了」的心理準備，臉擦乾淨後，「很好！」我充滿氣勢地轉過身。

「雪月同學？」

可是，一條同學就站在正後方。

「哇啊啊啊！」

因為太過驚訝，我忍不住丟臉地發出尖叫後退。然後腰就撞到身後的洗手檯，結果力道太猛，倒向了檯面，而且神奇的是，我的背似乎轉開了水龍頭，嘩啦嘩啦的流水淋溼了制服。

看到這樣的我，一條同學仍是如往常一樣的淡然表情說道。

「……妳還好嗎？」

他拉著我的手，把我從檯面中拉起，並遞給我手帕。

「謝、謝謝。」

我已經不知道該怎麼辦才好了。在中意的人面前做出這麼失態的舉動，丟臉也該有個限度，如果地上有洞我真想鑽進去。

我用他給我的手帕擦著身體，正當我腦中一團混亂時，一條同學輕聲說。

「……對不起，妳果然是不想和我一組吧。」

他的這句話，給我一種又像受到傷害，又像苦惱的感覺。雖然平淡，卻又悲傷的不可思議。

這時我終於回過神來，我現在才發現剛才只想到了我自己。

很多同學說他是怪人、問題兒童，事實上我也曾經這麼想過。畢竟一條同學不管被人說什麼閒話，基本上都很淡然，或者說不在意的樣子。

可是這樣面對面說話後，就能窺見他的痛苦，雖然真的很細微。

更重要的是，我的心中有罪惡感。被他這麼一說，我確實是沒有正眼看他，而且馬上逃離教室，看到他的臉之後還嚇到跌倒，除了沒禮貌之外實在無可形容。

「不、不是，我……」

在我急著想解釋時，亞美同時從教室走出來。

「喂，菫，妳剛才叫了好大一聲……喂，這是怎麼回事？」

她看到全身溼透的我大吃一驚，馬上向我跑來。但也因為這樣我的話被打斷，沒辦法傳達給他知道。

「一條，我帶菫去換衣服，抱歉，你可以和老師說一聲嗎？」

「嗯。」

他馬上轉身，回到了美術教室。他的背影總覺得看起來好渺小，果然是受傷了吧，我的心好痛。

——我搞砸了……

「喂，菫，妳還在發什麼呆啊。我借妳放在社團教室的排球球衣，跟我來。」

雖然亞美不懂我為什麼垂頭喪氣，但她還是牽起我的手。我們直接前往排球社團教室，借她的球衣換穿，她還幫我晾乾溼掉的制服。彷彿無論大小事她都一手包辦照顧我一樣，我對這樣的她充滿了歉疚。

我果然是個沒用的人。當我開始消沉，低頭坐在社團教室的長椅上時，亞美問我。

「妳竟然帶著這麼像男生用的手帕喔？」

為了向我確認而轉身的亞美，在看到我的樣子後音調為之一變。

「喂喂喂，妳怎麼了嗎，菫？發生什麼事了？」

那是真心替我擔心，溫柔的一句話。與平常不輸給男生的帥氣樣子之間的反差，讓我放下了心。

我還是不太擅長與她相處，但她依然是我的兒時玩伴兼重要的好友。

「其實，一條同學誤會我了。」

「誤會？」

「後來我和一條同學組成一組，所以嚇了一跳……然、然後很害羞。可是那個樣子好像被他認為是討厭他的反應……所以他看起來很傷心。」

在我一句接著一句時，越發對自己細若蚊蚋的聲音感到難為情。

然後，默默聽我說話的亞美，像是要吹散我的懊悔般，重重嘆了口氣。

「那妳去道歉不就好了，不需要這麼在意。」

「可、可是……」

面對游移不定的我，她很直接地挑明了說。

「沒有什麼好可是的。做錯事的人是妳，就應該去好好道歉，尤其對方都受傷了更應該道歉。」

然後她很自然地將手放到了我的頭上。寬闊的掌心很溫暖，輕輕地撫摸著我。

「我也會陪妳去，好好整理情緒吧。」

不只是鼓勵我，還像是在背後推我一把一樣可靠。雖然我還是覺得自己很沒用，但馬上甩了甩頭，轉換情緒。
就像亞美說的，錯的人是我，讓一條同學感到傷心。那麼現在就不是膽小的毛病出來作怪的時候，胸口一帶湧起了微小的勇氣，身體充滿能量。
「嗯，謝謝妳，亞美。我會好好道歉。」

結果美術課因為我和亞美早早就離開了教室，所以原本和亞美一組的人改為和一條同學一組，我則和亞美成為一組。根據我聽到的說法，亞美好像一直很在意我，於是原本和她一組的同學很貼心地交換了隊友。
但是這樣就沒有意義了。一回到美術教室，我就去找一條同學。
「一、一條同學，可以和你談一下嗎？」
轉過頭的他已經恢復平常的樣子了。平靜、淡漠，像無機體的感覺。彷彿在眼前的是一道純白牆面。我不知道該怎麼開口才好。
但我還是必須開口，我這麼想著，衝動之下說道：
「剛才對不起，我並不是討厭一條同學。嗯，那個，我只是嚇了一跳，這一點我自己也覺得很丟臉。」

教室裡還是一樣吵鬧。大家盡情地聊著天，美術老師似乎也沒有打算要大家安靜。

所以我在丹田蓄滿了力量，為了解釋清楚，音量得不輸給四周的說話聲。我也是因為剛剛和亞美的對話才察覺到自己聲若蚊蚋的難為情，我就是這麼膽小的人，所以才會傷害到他。

我這麼想著，結果好像太用力了。

「但是，我、我我、我想和你同一組，你願意和我一組嗎！」

音量不小心比我預期的還要大聲，美術教室裡忽然靜了下來，大家都在看著這邊，連打瞌睡的同學都醒來了。

更嚴重的是，這股沉默成為了一面鏡子，將話語反射了回來。如果只截取我剛才說的那句話，那根本就是超級直球的告白。

我感覺臉立刻紅得發燙。站在我旁邊的亞美似乎也沒想到我會說得這麼直白，因此露出驚訝的表情。

好丟臉，全身就像快要融化了。

可是，我依然咬著唇，專注地看著一條同學。只要在這時候撇開臉，事情就和之前沒有兩樣。

他看起來有些訝異，然後回道：

「……這樣啊，嗯。」

接著，「我想應該還是要問一下，」於是他冷靜地回頭，向原本與亞美同一組的女生詢問：

「這樣可以嗎？我覺得對妳有點不好意思……」

結果她雖然慌張，還是馬上點頭了。

於是，美術教室裡再次恢復此起彼落的交談聲。大部分都是在說我和一條同學，你一言我一語地充滿了興奮之情。

大家這些閒聊，簡直就像一把火，圍著我劇烈燃燒，我窘迫得幾乎快死了。

「妳真行呢，菫。」

「閉、閉嘴啦……」

我對著一臉佩服的亞美嘟起了嘴，然後重新準備自己的工具，正面朝向一條同學。

像是睡亂的自然捲，加上深不見底的寧靜黑色眼瞳。一旦四目相接就像要被吸進去一樣。但我仍努力地好好看著他，一條同學突然間，真的、淺淺地笑了起來。

「謝謝妳。我剛才誤會妳了。」

很像人類的，有血有肉的說話方式。我沒有看過一條同學笑起來的樣子，忍不住看得入迷了。

我就是在這時候意識到的。他也和我一樣，是個人類。
「沒關係，是我不好……」
我這麼回答後，他搖了搖頭。
「妳沒有做錯什麼，錯的人是我。畢竟我被別人討厭是稀鬆平常的事。」
「……咦？」
若無其事的突然坦誠相告留在了我心中。但是他開始專注在畫畫上，所以我也沒有開口。
——這是怎麼回事……？
感覺從縫隙處窺見了一條同學些微的神奇一面，那句帶著異樣的話語裡的意義，就像口香糖一樣在我腦海中反覆咀嚼。吞不下去，但又覺得他不希望我吐出來問他。
所以，我一直沒能忘記他所說的話。

街道在夕陽照射下燃燒。嬌嫩的橘紅色波濤，彷彿是太陽這顆巨大恆星掉落在遠方群山後方而產生的大浪。所以整條街上看起來就像覆沒在朱紅色的水中，沉入了水底。尤其是我們的國中位在山坡上，可以一眼望盡市街，看起來就更像街道被淹沒了。

這樣的話水裡的魚就是人，海藻是建築物。那麼水流一定是風，水花是聲音。

這麼一想，街道就像一個巨大的生命體。各種顏色的車子在建築物之間穿梭，因紅綠燈而停止、前進的樣子像是在呼吸。

而我們是推動這個巨大生命體的小齒輪。不，我是小齒輪，走在我旁邊的亞美也許是更重要的零件。例如，如果我是一個白血球的話，她就是心臟，或是胃這樣的器官。

那麼，他究竟是什麼？

說自己是壞人的一條同學，活在哪裡呢？

「喂，董，妳在發什麼呆呀？」

從學校回家的路上，今天是大賽前夕，排球社的練習比較輕鬆，所以我們一起踏上歸途。悠哉地走下平緩山丘的放學路上。右手邊有一座大公園，亞美走在旁邊是馬路的左手側。和平常一樣，可以很自然地保護我的位置。

「嗯，想一點事。」

我蒙混了過去。因為不知道該怎麼表達一條同學的事才好。雖然一條同學的話一直留在腦海中，但問我想要怎麼做，我自己也不知道。

「管他的，不過妳還真大膽呢，美術課的那件事。社團的大家都知道了。說有人在課堂上當著大家的面告白。」

「什麼？」

我忍不住抬頭看亞美，她一臉開朗的表情笑著。整個人清爽帥氣，和晚霞很相襯。

我還是覺得很害羞，馬上哼了聲撇開臉。

「我又沒有告白。」

於是亞美苦笑著回答。

「這倒是。是說，一條哪裡好啊？雖然他也不是個壞人就是了。」

我不知道該怎麼回答。光是說出吸引自己的對象哪裡好就夠讓人抗拒了，再說，我自己對於被一條同學的哪一點吸引也還不是很清楚。

硬要說的話，大概是他獨特的氣場吧。有一股明顯與他人不同的異質感，目光會忍不住追著他跑。可是，似乎只有我這麼想，其他人都只覺得一條同學很奇怪。

這時候，我想起來了，拿出收在口袋裡的手帕，是一條同學借我的。簡單的藍色設計，看起來是男孩子使用的樣式。

他把手帕遞給我時，一臉受傷的表情。

然後，從我口中落下了一句話。

「總覺得，不能放著他不管。」

說完，亞美碎念著。

「真是的，妳還是一樣……老好人一個。」

停頓了一會兒才說下去的她，直接將話題接續到了日常瑣事上。我察覺到她剛才是在選擇用詞。

她知道我是什麼樣的人。不是個性認真只是順從，不是善良只是無法拒絕。對人不是同理而是同情，不做壞事不是因為富有正義感，只是膽小而已。不嫉妒他人，貫徹旁觀者原則也是因為對自己沒自信的關係。

因為我是個普通的人。這句話的意思不是我真的是個普通人，而是我希望自己至少能夠達到和普通人一樣。

不管是我多麼嚮往的東西，一旦機會來到我面前，我依然是個什麼都做不到的人。我之所以是個普通的人，都是我自己的問題。

「……妳才是個好人。」

回答完，我哈哈地笑了起來。然後她隔了幾秒後也跟著笑起來。

我們是兒時玩伴，也毫無疑問地是好朋友。我明白就因為我們理解彼此，所以才能保持適當的距離。

亞美不會過度干涉我。而我也不會與亞美拉開太遙遠的距離。

她很害怕孤獨一人。身為受大家歡迎的人物，被一群對她有特殊期待的人包圍時，就會想要有個對自己沒有期待的人，作為喘息之地。

而那個人就是我。我既不嫉妒亞美，對她也沒有期待，就只是旁觀著。當然她有比賽時我會替她加油，但不管贏或輸，我都只會和她說聲「比賽辛苦了」。

那時候，亞美會露出最自然的笑容。

所以我才不知道如何與她相處。

和她在一起時，我必須保持普通，反過來說，就是我可以繼續當個普通人。

而我就是依賴著這一點，軟弱的傢伙。

這樣的我，要和亞美在一起到什麼時候呢？

能和亞美在一起到什麼時候呢？

「對了，今天的晚餐聽說是豬排咖哩飯。因為是比賽前一天，我媽超有幹勁的，但現在還吃**豬排**咖哩祈求勝利也太老派了。」

這麼說的亞美，感覺從肩膀處消了風一樣。她很自在，一點也不緊張。

「呵呵，對呀。不過阿姨的咖哩很好吃呢。」

「是這樣沒錯啦，但每次比賽之前都吃一樣的我已經膩了。」

「嗯，不然妳那份豬排我幫妳吃吧。」

「什麼，當然不行！是說妳要來我家吃嗎？」

「咦，妳不是為了和平常一樣邀我去妳家，所以才聊到咖哩的嗎？」

「那是……妳這種地方真的是很精明欸。」

我們彼此互虧，相視而笑，其中交織著煩躁，以及歡樂。

雖然我不知道怎麼和她相處，但也想要和她在一起。人際關係一定就是這個樣子的。願意包容對方自己棘手的部分，想要和對方來往，所以才能變得親密。

我說：

「這就是我啊。我才不是什麼乖孩子。」

然後她苦笑著回答。從天空另一端洶湧而來的夕陽在她柔和的表情上妝點了色彩。

「沒錯。妳啊……」

亞美說到一半時，突然後方傳來巨大聲響。有一股足以撞碎玻璃的衝擊力道，激烈的煞車聲，以及連續的喇叭鳴按聲。

「咦？」

在我呆愣著回頭時，衝破護欄，開上人行道的卡車已經逼近了眼前。

就在被卡車輾過前，我被用力地推到了車道的方向。

接著是金屬板凹陷的轟鳴聲。

我倒在地上抬起頭，那裡已經看不見亞美的身影了。

不久後，傳來救護車的聲音。

美術課，教室依然鬧哄哄的。大家繼續畫著人物像，彼此輕快地閒聊著。

但我總覺得教室裡沒有光彩。亞美住院了，環顧整個美術教室，失去了吸引視線的明亮焦點。

指尖忽然一陣疼痛，所以我垂下目光。握著畫筆的右手手指上貼了好幾張ＯＫ繃，滲出了些微的血跡。昨天回家的路上，酒駕的卡車衝進人行道時，我被亞美推開，所以受了一點傷。

但是，傷口也就這樣而已。

救了我一命的亞美雙腿複雜性骨折，甚至被醫生宣告**也許無法再走路了**。

聽到這句話時，我的腦中一片空白。亞美就要參加國中最後一次的排球比賽了，就算到了高中和大學，她也會是備受矚目的第一線活躍選手。她就是擁有這樣的實力，獲得這麼高的評價，每年還都會以二十歲以下的潛力選手身分加入加強集訓。

可是，如果不能走路的話，這些光輝的未來一切都化為烏有了。

那時候亞美救了我。也就是說她想要的話，其實可以自己躲開的。

這麼一想，我就快被罪惡感壓垮了。

因為有我在，亞美才會……

是我害的。

當我想著這些事時，眼前的座位傳來聲音。

「雪月同學，妳還好嗎？」

一條同學坐在那裡，像是睡亂的自然捲還是一如既往。

「妳在想七濱同學的事吧。」

亞美遇到車禍的事，馬上就傳遍了整個學校。每到下課時間，就有其他班級或學年的學生來到教室，尋找亞美的身影。

而我總覺得大家最後都會看向我然後才離去。他們的眼神冰冷，感覺像在責怪我。

所以，我連一條同學的眼神也不敢直視。我很害怕。我這樣的人被亞美救了一命的事實，讓我很痛苦。

「……嗯。」

我還是低著頭回應，然後他停頓了一下才說。

「即使只有妳平安無事也很值得高興喔。」

那是顧慮到我的溫柔說法，但就是這一點讓我痛苦。因為都是我害亞美受了重傷。

「一點也、不值得高興……都是因為我，亞美才會……」

「……因為妳？」

看著眼前的他驚訝的樣子，我終於再也握不住筆，停下了畫圖的手。和前幾天不一樣，我在吵雜的美術教室裡，用著其他人聽不見的微弱聲音，沒用地開口。

「昨天，有一台大卡車衝進了人行道，從後面撞過來。我明明看到了卻動彈不得。所以亞美才會拉我，把我推開救了我一命。但是，也因為這樣亞美自己沒躲開……」

罪惡感太沉重，讓我無法承受。所以我好想說出來，只要一開了口，話就一句接著一句停不下來。

「我這種人，就算代替亞美獲救了，也不會有任何貢獻。」

不知不覺間，眼淚流了下來。沿著臉頰流下的淚水滾燙且止不住。

一條同學開口了。

「我並不這麼認為。」

很清晰的一句話。和平常一樣淡然且寧靜，可是卻不知為何銳利地刺進胸口。

我擔心他是不是要責怪我，戰戰兢兢地抬起頭後，一條同學專注地看著我。細緻的黑色瞳孔很深邃，一旦四目相接就彷彿要被吸進去一般。而且還有一種連我腦海中在想什麼都全部被看透了一樣的聰慧感。

「如果真的像妳所說是七濱同學救了妳的話，那麼受傷就是七濱同學自己的責任。而妳是多虧有了七濱同學因此獲救的。我覺得這部分不能搞錯了。」

他不讓我有插嘴的餘地繼續淡淡說道。

「而且妳並不是代替七濱同學。七濱同學有七濱同學的優點，妳有妳的優點。我想七濱同學並不是希望妳代替她所以才救妳的。」

說著這些話的他，表情帶著陰影。一條同學就像割著自己的肉身說出口般，是撼動人心的聲音。

再說得更仔細一點，那不是他平常沉靜的語氣，而是發音中帶著些許類似人體體溫的東西，彷彿不知道從哪裡擷取一段過來使用一般，留有一點也不像他的餘韻。

感覺從中可以看見少許他的人生背景。

正因為如此，一條同學說出來的話很自然地滲入心中。

「那……為什麼亞美要救我……」

不過一條同學平順地答道。

「我想妳應該比我清楚才是。」

他繼續說。

「因為，妳是最瞭解七濱同學的人對吧。」

亞美入住的醫院是市內占地最廣的地方。距離學校也很遠，所以即使放學後我立刻飛奔出校門，抵達醫院時也已經是傍晚了。

不過大廳還有不少人，雖然大家都在談話，卻不可思議地有種安靜的感覺。沒有參加社團活動，每天都按照爸媽的指示健康生活的我，和醫院相當無緣，因此有些緊張。

但是，我並沒有卻步。在櫃檯完成探病手續後，就往對方告訴我的病房前進。

這是自從白天美術課和一條同學談完後我在思考的事。

亞美為什麼要救我？答案馬上就出來了，因為亞美是個心地善良的人。我想就算當時旁邊是個完全不認識的人，亞美也會反射性地救助那個人。

她真的是個大好人，個性很帥氣。

「亞美？」

打開病房的門後，發現沒有開燈。不過還是能在昏暗中環顧整個空間，一窺狹小的個人病房。

今天還是住院第一天，裡面沒有任何東西。單調的房內只是充滿了藥物的臭味。

然後，亞美就躺在這樣的病房裡。

打著石膏的雙腿稍微吊高，床頭直立起來。交叉在腹部的雙手也包著敷巾和繃帶，頭上則罩著網狀繃帶。

似乎很痛，又無精打采的樣子，讓人不忍直視。但是她的眼睛睜得老大，慢慢地看向我這邊。

眼神交會時，她停住了呼吸，扯開笑容。

「是菫啊。抱歉，我沒注意到。我爸和我媽剛好回家拿東西了，所以我在發呆。」

聽她的說話方式，我心想果然是這樣。亞美努力地想要讓自己和平常一樣。但是眼睛下方有著哭腫的痕跡，更明顯的是聲音在發抖，感覺就像快被什麼東西給壓垮了。

那麼，那個什麼東西會是什麼？是失去光明前程的絕望嗎？還是遍及全身的重傷？又或者是壓在自己肩上的期待？

一定是以上的這些東西，讓她原本如此堅強的心，確實出現了裂縫。

「……不會啦，沒關係。」

我沒有開燈，直接走到病床邊，坐在鐵椅上。只有從窗外漸漸延伸進來的路燈灑滿了室內，發出淡淡的光芒。

「學校怎麼樣？大家有說什麼嗎？」

「大家都很擔心妳，還商量著下次要一起來探病。」

「這樣啊，總覺得很不好意思。」

脆弱的話語。但是她依舊努力地裝作若無其事。

「社團的人……馬上就要比賽了說。」
人很好，個性帥氣，時時掛心著他人。但這不代表亞美沒有自己的意志。她只是，能夠壓下自己的意志去為他人著想。
她其實，是個逞強的人。
「亞美，謝謝妳。」
說出口後，她低著頭搖了搖。
「不需要道謝啦，我只是做了應該做的事。妳不用放在心上。」
「我當然要放在心上。」
在我的心中，微小的衝動在伺機而動，那是長住在我心裡的膽小鬼。每當我想鼓起勇氣，他總是將我那少得可憐的堅強吃掉，每天越來越胖，是個討厭的傢伙。
但只有這次，我不能輸給那個膽小鬼。我很不安，感覺一旦在這裡退縮了就會後悔。膽小的我，不是用勇氣戰勝膽小鬼，而是想用不安來戰勝。
「一直以來都是我單方面受到妳幫助，老實說我有點不知道該怎麼和妳相處，但是我喜歡妳的心更勝那種感覺。這次我想要成為妳的助力，我想要……陪在妳身邊。」
我既不嫉妒她，對她也沒有期待。不論她比賽是贏是輸，我都只會說聲「比賽辛苦了」。

總覺得，我不想說「加油」。因為亞美一直在努力。像是為了他人而敦促自己要貼心，更重要的是排球，她是傾盡了所有的自己。相反地，我逃離了排球，只是一直在旁看著她。

反正我這種人不配站在亞美身邊。就算她在我身邊，那也只是她好心地配合我縮短步伐。

那麼，現在她不能走路了，我應該做些什麼才好？

「一起加油吧，亞美。我會加倍回報妳以前幫助我的份，絕對不會放妳一個人。」

然後她抬起頭。

她果然，哭過了。

結衣消失的那天放學後，我和一條同學前去找谷津老師。

「是嗎，吾妻同學她……」

圖書館沒有其他人。谷津老師像是胸口被東西哽住般地說。臉色糟糕得彷彿隨時要昏倒，如果不把手撐在櫃檯桌上，感覺就要跌坐在地。而她另一隻手緊握在胸前，拳頭內側像是隱藏著懊悔與悲傷。

一條同學平靜地看著這樣的谷津老師。他沒有任何停頓地解釋昨天放學後，我們離開圖書館以後到今早結衣消失的經過，總覺得他看起來已經下定了某種決心。像是要聚焦在該做的事情般，他用力地握著我的手。

「對，而下一個目標，恐怕就是我們了。春乃消失後，我們曾在學校內到處向人打聽春乃的事，所以我想我們擁有APP的事已經曝光了。」

塵埃在照射進來的夕陽中飛舞。在整個圖書館內特有的紙張與墨水乾燥的氣味中，他的話語清晰有力。如同一條同學所說的，一開始谷津老師會找我們過來，也是因為我們太顯眼的大動作，所以她才得知我們擁有APP。

谷津老師痛苦地閉上眼睛和嘴唇。顯然她不想接受這個現實，但卻又明顯是個肯定的沉默。

「那個人可以在昨晚到今早之間殺了吾妻，一定也是因為他某種程度地監視著我們。殺了吾妻的人並不知道殺了春乃的人是誰，如果隨便行動反而有暴露自己存在的危險，所以搞不好他一直在觀察狀況。而吾妻殺了草太，也就是殺了春乃的人，所以他才會採取這樣的行動。」

一條同學說出他的推測後，谷津老師緩緩睜開眼。眼下有著嚴重的黑眼圈。也許她昨晚沒有睡。

「那你打算怎麼做？已經想到了這些，也知道自己成為目標……」

一條同學舉起握著的我的手。

「我們要保護自己。基本上兩個人一起行動的話，我想可以減少被偷襲的危險性。」

於是谷津老師看向我，她的眼睛讓我吞了口唾沫。谷津老師之所以甘冒危險也要告訴我們APP的事，就是為了不讓我們被捲入利用APP互相殘殺。

但是，那時候已經太遲了。或者該說，那成為一個契機，讓事情一件一件地連鎖發生。

「雪月同學……」

「我也贊同一條同學所說的。」

谷津老師咬著唇，所以我搖了搖頭繼續說。

「這不是老師的錯，而是多虧有了老師，我們才能察覺到自己有危險。否則……也許我們已經不明不白地被殺死了。所以，請妳不要責備自己。」

然後我回握了一條同學的手。雖然手在顫抖，內心卻有著勇氣。

我曾經很普通，但現在已經不普通了。我不能再只是普普通通了。自從國中亞美發生車禍之後，我的腦海一角就不停這麼思考著。

我不是什麼都做不到，而是什麼都不願去做的卑鄙小人。老是接受別人的幫助，然後只是旁觀著他人，所以昨晚才會當著結衣的面卻什麼都說不出口。

但這樣是不行的。今天，我親身切實感受到死亡的溫度後，終於向一條同學坦誠以對，而他也願意保護我。谷津老師也是，消耗著自己的身心在為我們擔心。

這樣的話，我也應該要保護他們兩人。

我已經受夠了只是單方面受他人幫助。

「我、我們，不會有事的，所以請放心。反而是老師如果有個萬一，我們絕對會救妳……一起加油吧。」

無法停止顫抖。我還是很害怕，但是我握著一條同學的手，扼殺了懦弱的自己。

然後，谷津老師看著我們，只說了一句「對不起」道歉。

接著我和一條同學離開圖書館，走在回家的路上。夜幕已經低垂，街上滿溢著橘紅色。我們肩並肩，盡量走人多的道路。經過身邊的人看起來都像殺人魔，但每一次，我都依靠一條同學的手度過。我綳緊了神經，讓自己在放學途中無論何時何地遇到不幸都能夠應付。

我回想起的，還是和亞美那一次的放學時刻。在那之後，亞美努力復健，現在恢復到了能在輔助之下走路。就算被宣告或許無法再走路她也沒有放棄。上星期放學後，我也以「已經有事了」拒絕了春乃的要求，去協助亞美，而亞美即使大汗淋漓也持續挑戰。

我從中學到，失去過的東西就再也回不來了，但這不是放棄一切的藉口。一定還有自己可以做的事。

「一定要活下去。」

我抬頭看他。

「然後也要救回結衣和春乃。雙葉同學也是，我想他其實在煩惱著些什麼。不知道的話，就要去弄清楚。所以，必須救回大家。」

然後他低頭看我。漆黑的眼瞳依然沉靜，但嘴角微微上揚了起來。只是這樣和以往的他看起來不同，總覺得有種異樣感。

一條同學確實在某些地方和其他人不一樣，但是他的本性老實，有著他獨特的善良，那股溫暖從不曾崩壞。

但是現在他的眼中，某處帶著些許像是變了一個人似的熱氣。

「嗯。妳真的很善良呢。」

接著他以乍看之下和過往相同地平靜繼續說道。

「無論用什麼方法，我都一定會救妳。」

# 第七章　睦月忠一

昏暗的房裡，充滿了酸腐味。

是不流通的空氣。從早到晚緊閉的窗簾內側染了汙漬發黃。約四坪大小的房間亂成一團，四處都是垃圾。

房間角落的垃圾袋塞滿未沖洗過的便當盒，堆成一座山，旁邊地板則有從被捏扁的啤酒罐中滴落的液體。脫下後亂丟的衣服每一件都皺成梅干菜，發霉了的抹布也隨意亂扔。

其他還有斷掉的衣架、扇葉出現裂痕的電風扇，以及不知道是哪一天的報紙、沾了血的衛生紙。

最後，是房屋正中間長年不收的硬薄被，和躺在上面的裸女屍體。

真的是不管看向哪裡，都是垃圾。

「做得太過火了呢。」

視線看向俯趴著不動的女性屍體。手腕和腳踝被繩子綁住，瘀青腫起還滲出血跡是因為，她曾如此用力掙扎。可惜，她只不過是個高二的女生。只要趁她一個人夜歸時偷襲，並綁住她，就不可能再逃跑了。

我抓起她沾了體液的下巴，抬起她的頭，對上了她失去焦點的眼睛。

「要是乖乖聽話我還會好好對妳，誰叫妳要大吵大鬧，害我下手失去了分寸。」

我一放手，她的屍體就無力地埋入被褥中。我翻找她的書包，撈出目標手機。
然後待機畫面自動出現了血紅色的橫幅標誌。我一按，就顯示出神秘APP的畫面。漆黑如乾燥樹皮的背景上，下方有注意事項，左上則是教學圖示。中間顯示的巨大圖案是裝了紅色沙粒的沙漏。看來已經累積了約六成滿的時間。
「哦～累積了滿多的嘛，不愧是優等生……不，她也才剛從別人那裡搶過來而已。」
我按下沙漏，出現了簡單的提示訊息。

**要安裝吾妻結衣的時間嗎？**

畫面出現散發微光的藍色「是」和「否」文字。我毫不猶豫地按下「是」，瞬間，手中的手機消失了。
一回頭，被褥上的女性屍體也消失得無影無蹤。
同時，我發現從緊閉的窗簾縫隙中透進了晨光。
我轉了轉脖子，聲音隨著呵欠溢出。
「雪月，感覺很聽話……一條則很礙事……等等，不對喔？」
我稍微拉開窗簾，沐浴在陽光下。真是舒爽的早晨。

我自然地浮現出笑容。

「我記得雪月那傢伙喜歡一條。」

殺了吾妻後過了三天的放學時刻，我在緊閉的雙唇內側，緩緩地舔舐著牙齦。

一陣游泳池獨特的氯氣味道，今天是上週體育課的補課。兩隻手指就數得完的學生有氣無力地撥著水，在二十五公尺的水道一邊游，一邊踩著池底好幾次。

——給我游快一點。

我感到極度焦躁，畢竟我已經餓了。這不是指肚子餓，而是想要侵犯年輕女孩、任憑我玩弄的原始情欲，以及單純想要凌虐某個生命的虐待狂式的飢渴。殺了吾妻之後三天，我雖然瞄準了一條和雪月，但他們片刻不離，另外，還常常身處人多的地方，讓我無法下手。尤其是他們似乎每天都換不同的路回家，我想跟也馬上就跟丟了。

所以，我的邪惡欲望每天都在累積。自從獲得ＡＰＰ之後，偶爾會有這種欺凌某個人的好機會，而每一次，我總感覺陰險的脂肪越來越肥厚。不過我從沒想過要阻止。

畢竟只要有了神秘的ＡＰＰ，不管犯下多麼邪惡的罪狀，都可以抹消一切。

之前我也殺過了很多人。擁有ＡＰＰ的人當然是我的目標，只要殺幾個那樣的人累積時間，就可以拐走我看中的女人，盡情玩弄之後，利用時間消除那個女人曾經存在的過去。

總之，我盡情虐殺，盡情破壞。

感覺這世界就像成了天堂。不管是殺人還是其他事都被允許去做，失去理性的枷鎖，活得像頭猛獸一樣實在太爽了。從小我就察覺到自己有施虐的癖好，可是卻只能不斷對蟲或貓狗之類的動物下手來發洩，以避免對人動手。不過，現在這樣的刺激已經滿足不了我了。

我無法壓抑地渴望殺人，渴望侵犯他人。我想要破壞一切。

所以，我無法原諒那些不斷逃跑，不露出一點空隙的可恨傢伙。

現在正是絕佳的良機。需要補課的學生人數本來就少，上週忘了帶泳衣的兩人也乖乖地參加了補課。雖然看起來警戒心很重，但他們應該沒發現我就是殺了吾妻的兇手。畢竟又沒有留下證據，他們並沒有特別小心我的樣子。

只是有一點，自從上週殺了吾妻之後，**不知為何**他們對ＡＰＰ的理解程度似乎增加了，這讓我很在意，大概是用他們不怎麼聰明的小腦袋討論過了吧。所以才會採取「兩人不分開行動」、「要待在人多的地方」的策略。

因此，說什麼我都要在這堂課殺了他們。這裡學生人數少，穿著泳衣的話也很難藏有兇器之類的東西，這是絕佳的機會。我已經連續餓了三天，計畫也萬無一失。

——首先從一條開始。他的頭腦雖然聰明，但並不明白什麼是惡意，是個老實人。只要找個藉口就能讓他留下來，到那時就算他醒悟了也來不及了，只穿著一條泳褲很容易就能制伏他。剩下雪月一個人，她也變不出什麼花樣。

在唇內緩緩爬過牙齦的舌頭，這次從右往左反方向移動。虎視眈眈的猛獸本性已經上升到了喉頭。唾液彷彿要流出口中，脊椎中心的附近陣陣發麻。光是想像身體就要興奮得顫抖。

——然後把一條當作人質，讓雪月乖乖聽話。她一定會順從，畢竟她喜歡一條，個性又膽小，還是個好人。接著我要盡情蹂躪她，最後在她面前殺了一條。那時候……她會是什麼表情呢？

**時間**的話，加上從吾妻那裡奪來的已經累積了近九成。這也是讓我焦急的原因。即使一條和雪月沒有累積多少時間，但只要兩人的份加起來，應該可以補滿剩下的一成。這麼一來天堂又到了。我又可以隨心所欲侵犯某人，然後再殺了她。

啊啊，好想快點殺人。我無法忍下去了。

我這麼想著等待時間一秒一秒過去，終於，那個時刻到來了。

「好，那補課就到這裡結束。你們可以下課了。」

我向剛從泳池上岸的幾名學生這麼說，他們就各自轉身前去沖澡。當然一條和雪月也在離開的人群中，小心地並排走在一起。

然後，我出聲叫喚。

「啊，等等，一條。你把用具整理一下。」

然後他停了一下，才慢慢轉過身。

「整理用具嗎？」

「對，你把浮板收起來，有髒的就洗一洗。」

我指著散落在游泳池邊的浮板這麼說。雖然補課的人不多，我為了這個計畫，還是準備了很多的浮板，然後事先隨意弄髒。一個人整理應該要花很多時間。

「那、那我也來幫忙。」

和一條一起停下腳步的雪月說道。不過，我搖了搖頭。

「不用，有一條就夠了。」

「可是……」

我對明明在發抖卻還是不死心的雪月感到厭煩。該說是天真所以愚蠢嗎？她的臉上清高地帶著一股正氣，雖然膽小卻給人有如正義感的感覺。我知道愚蠢的好人是最麻煩的，可是沒有想過她竟然打算反駁我。

當我吸了口氣想斥喝時，一條卻開口了。

「沒關係，堇。妳在那裡等我吧。」

一如既往的平淡語氣，他還是一樣冷靜得讓人覺得很噁心。但這正合我意。雖然不知道他在想什麼，不過一條也是個好人。他是出於想要保護雪月的這種讓人雞皮疙瘩的動機才說的吧。

雪月即使擔心，還是跟著其他學生一起去沖澡了，目送她離開的一條開始默默地收拾起浮板。我沒有馬上動作。我會耐心等到其他的學生沖完澡，在游泳池附設的水泥更衣室換好衣服離開的時候。

一人、兩人、三人。我數著離開的學生人數，時鐘的指針分分秒秒不斷地前進。游泳池位於校園角落，本來就是人煙稀少的地方。只要所有人都離開以後，要殺一條就沒有比這裡更好的刑場了。

然後最後一人。確認雪月再三回頭依然走出去之後，我終於開口，伸出了原本舔著牙齦的舌頭。之前一直困在狹小空間的舌尖溼滑地舔舐著嘴唇，現在就是解開枷鎖的瞬間。

我逼近收著浮板的一條身後，大幅抬起右腳，用盡全力將小腿往他側腹踢過去。

「哈、哈、哈哈哈！」

那瞬間，湧出一股愉悅感。流遍全身的血液高漲，血管彷彿就要脹裂。我興奮得身體幾乎要被撕裂。自然地握起拳頭，迅速跨坐在沒有發出絲毫哀鳴就被踢飛的一條身上，不斷毆打他的臉。

發出了肌肉和骨骼互相撞擊的聲音。肌膚破裂，鮮血滴落，斷掉的牙齒滾落在游泳池邊。一條大概是連抵抗都沒辦法，他毫無掙扎，只是承受著暴力。這讓我很不爽，於是更用力地連連揮拳。

「怎麼啦，一條，憤怒啊，尖叫啊，讓我看看你吐血抓狂的樣子！吾妻可是不斷地扭動給我看呢！」

我已經連續三天只能看著就在眼前的樂趣，所以完全不打算克制。我這個人的獸性大發，彷彿所有體毛一根不漏地都豎了起來。背後浮起雞皮疙瘩，光是呼吸就有一種快感。現在這個瞬間爽到最高點，好像有種半夢半醒，微醺的非現實飄浮感在翻攪著我。

過去長久以來束縛著我的社會這道抑制力，現在全都可以忘掉。我可以解放這股暴力衝動。我一直無法滿足。一直在忍耐。我想起了第一次殺人時，不斷迴盪的尖叫與鮮血滋潤了我的身體。而現在，我最渴望的就是那個，我要一條發出哀鳴。

「給我求饒啊！」

不知道揍了多久，不知不覺間我氣喘如牛，黃昏的彩霞越發濃重。感覺太陽馬上就要下山了。因為太過興奮，全身的毛孔大開，流出大量汗水。

然後我低頭看一條，他已經一動也不動了。

「搞什麼，真無聊……難道我失手殺了他？」

我將手貼在他胸前，還可以感受到心臟在跳動。我已經決定要在雪月面前殺了一條，還以為又像吾妻那時候一樣下手太重不小心殺了他。

只要還活著就好，我踢翻他然後站起來。他看起來已經完全昏過去了，沒有任何反應。所以我沒有綑綁他，轉身走向男子更衣室。

之後只要拿走一條的手機，叫出雪月就結束了。不，現在才是無上幸福的開始。我可以凌虐他們兩人，最後還可以累積時間，然後去殺了其他人。

「好啦，他的東西在哪裡呢？」

微弱的夕陽從霧面玻璃透進更衣室。水泥地板上鋪設的木板溼答答的，我踏著木板往裡面走。接著一一確認過置物櫃，直到最內側處，在架子上方的角落，不醒目地放著隨身物品。

真是個小心的傢伙。不過我不再焦躁了，那徒勞無功的努力讓我覺得可笑，我抓下一條的書包，翻著裡面尋找手機。就算他把手機藏在某處，因為ＡＰＰ不會遠離持有者，所以一定就在附近。
不過，就在我這麼想時——
突然從背後被潑了大量的某種液體。
「什麼東西！」
潑在身上的液體不是普通的水，而是某種散發出惡臭深入鼻腔的東西。那東西流進眼睛，讓我看不清周遭。我不顧一切地暴怒起來，可是無論我的手怎麼四處揮動，都沒有打中任何東西，只是這個奇怪的液體不斷朝我潑來。
「該死！」
我胡亂地擦著臉，視線終於模糊地稍微恢復。
一條就站在那裡。
「蛤？你這傢伙，怎麼會……」
他應該已經昏倒了才對。我那樣對他拳打腳踢後，他已經一動也不動了。
可是一條雖然外表看起來到處是瘀青及出血，卻還是和平常一樣淡淡地回答。
「我只是假裝昏倒罷了。小時候我常常被揍，所以已經習慣了。」
一條的眼睛有著異樣的陰沉。光線只有從一路鋪設到接近天花板處的霧面玻璃透進來的橘紅色，明明身處在水泥牆壁及金屬置物櫃等冰冷裝潢的更衣室內，他的眼神卻比任何東西還要缺乏溫度。

那不是冷，也不是熱。細緻的黑色瞳孔就像有個被世界刺穿的洞一樣，那是彷彿所有一切隨時會被吸進去壓扁般的虛無縹緲，像是深淵的眼睛。他毫不在意浮腫的臉頰、被打斷的鼻子，和從被劃傷的額頭留下的血，與其說他是個受傷的人類，更像是被撕扯破碎的玩偶，躺在垃圾堆中，眼睛眨也不眨地盯著這裡。

他不是有生命的生物，我的直覺這麼想。我這個人以社會一般標準而言就是個普通人，自知有著超出人類這個框架的嗜好和個性，可是一條感覺又是不同的東西。我雖然認為自己就像頭野獸一樣，但我覺得自己甚至比任何人都更切身感受到活著這件事，所以無法理解呈現出和我截然不同存在感的一條。

因此我轉身面對他，一步也動不了。在一條散發出的**殺意**面前，我不知道該怎麼辦才好。

這時，我終於看到一條手上握著的東西。

「你，那是……」

瓶口附近流下無色透明液體的紅色塑膠桶。是煤油。散發出強烈氣味，讓人鼻子都要扭曲的那個東西，混合了從窗戶照進來的橘紅色夕陽，正閃閃發光。從一條的腳尖前方附近，往我的方向流滿了整片地板。

然後一條伸手進旁邊的置物櫃，抓出某個東西。

那是打火機。

「我和堇知道自己成為了殺死吾妻的人的目標。不過問題在於對方是誰，以及『對方有幾個人』。就像我和堇合作一樣，對方也很可能不只一人。不管怎麼樣，如果要攻擊我們，就必須等我們各自分散，或是只剩我們兩人，或是處在類似情況時才會下手。例如像今天這種補課的時候。我和堇都不是以體力取勝的人，如果對方人高馬大，或是不只一人時，要襲擊我們就不是什麼難事……所以，比起普通的兇器，這種東西會更容易相抗衡。」

一句接著一句毫無停頓的一條沒有任何遲疑。就像上了發條的玩具照著設計不斷地動著一樣，連正在和他對話的感覺都沒有。

這讓我感到極度不舒服。

「蛤？所以是怎樣？你明知自己會被襲擊……」

被潑了一身的煤油，眼前還站著手中有打火機的傢伙。就像脖子上架著一把刀一樣，什麼時候被殺都不奇怪的狀況。

我無法接受這個事實。直到剛才我都還是殺人的那一方，不，我一直都是殺人的一方。以往都是我在傷害、破壞著什麼，看不順眼的東西或敢反抗我的人，全都被我用暴力制伏。我是絕對的強者，是獵食者。

這樣的我，竟然會被這種噁心的傢伙殺掉，不可能。

於是我的體內積滿了憤怒及怨恨，可是一條一副絲毫不在意我的怒火的樣子說。

「既然有一天會被襲擊，那就要在能夠反擊的時候反擊回去。畢竟我們並不知道對手是誰。」

一條的手指按在打火機的開關處，簡直就像扣著手槍的扳機一樣。我的呼吸停止了。

然而，一條沒有馬上點火。

「不過，原來對手是睦月老師，太好了呢。」

「……什麼意思？」

「因為，你沒有辦法理解春乃菸蒂的燙傷對吧，那麼，只要你實際被火燒過，就能非常明白春乃的感受了。」

結果這句話成為我理智斷線的契機。他沒事講出一年前讓我丟盡顏面的事，於是我反射性地怒吼：

「笑死人了！為什麼、為什麼我必須去理解那種事？我好不容易獲得自由了！可以殺人，破壞一切，為什麼我一定要被奪走那樣的自由？」

那是體內如烈焰般的怒火。相較於我的衝動，一條則是平靜地回應。

「我想大概所有被你殺害的人都是這麼想的。」

然後，一條瞇起了一隻眼。

「前陣子的晚上，吾妻也這麼說過……她說，她只不過是平凡地活著而已，開什麼玩笑！」

說完，一條輕輕地吸了口氣，然後薄唇邊擠出了笑容。

那是個溫和的微笑。那個怪物，裝成一副擁有人心的樣子綻開微笑。這讓他的臉輪廓看起來柔和地垮掉。

而因此益發無生命的黑色瞳孔沒有絲毫動搖地看著我，感覺很陰森。我無法理解，只是陣陣襲來的死亡預感讓身體凍到骨子裡。

「我一直很苦惱。究竟是我本身有問題，還是我的成長環境有問題。為什麼我會被說不是普通人。所以我一直認為必須變得普通才行。但其實，我只是想要有人肯定我而已。我想要有珍惜的事物……因為我一直很寂寞。就在那時候，董說她喜歡我。」

雖然他散發出多彩的情感，但我卻覺得在他本質之處的東西並非人類的心臟。那就像如果沒有他人提供電力，就無法活下去的機械一樣，將自己的存在意義依附在他人身上，這樣的一條，看起來已經沒有絲毫迷惘了。

「那時候我終於感覺到自己成為普通人了。因為春乃說過談戀愛是件很普通的事。所以這麼珍惜、喜歡菫的我，就是個普通人。我在真正的意義上成為了普通人。我肯定了自己。」

然後一條重新握緊打火機。

「我還是覺得吾妻為了救回春乃而殺了草太是件很普通的事。不惜毀壞自己也要守護重要的人，這種感情既美麗又耀眼。」

守護一個人是怎麼回事，只要看一條就知道了。他沒有逃，也沒有躲，而是正正站在我面前。

我迅速伸出手。

「等、等等，一條！住手！」

可是，一條不理會我的制止，按在打火機開關上的手指移動了數公厘。

「所以，我會殺了你。」

四周充滿煤油的臭味。灑得到處都是的無色透明液體。煤油揮發的氣味在口中擴散。

「喀嚓」一聲，點起火的打火機朝我丟了過來。

爆炸性的火焰只在瞬間，就吞噬了我。

「唔，好燙，啊啊啊啊！」

簡直像被巨蟒吞吃入腹般，全身被數不盡的熱氣尖牙啃噬，我再也站不住。無法呼吸，連眼睛都睜不開。每一次在地上滾動，就像躺在地獄的針山上一樣，有種刺穿全身的痛楚，而火越燒越大片，我只能在悶燒中痛苦著。

我已經不知道自己是否在哀號了。想站起來也因為皮膚燒融而使不上力，肌肉在燃燒，模糊中看見身體到處腫起了血泡。

然後我勉強爬著，往站在另一頭的一條伸出手。

「救命……」

可是一條只是低聲呢喃著。

「原來只要是為了他人，而不是為了自己，就能夠這麼輕易殺人。」

在火光的映照下，他的表情看起來極佳。雖然滿臉是傷，不過無機質的樣子，已經恢復成了平時的他。用一如既往的語氣，說著為了他人，然後施加暴力，一臉稀鬆平常。

這樣是對的嗎？還是錯的？是善？還是惡？我無法思考了。

接著轉身的一條，完全沒有回頭，筆直地走出了更衣室。

# 斷章

反手關上更衣室的門之後，迎面吹來的夏日晚風很涼爽。直到剛才都待在熊熊燃燒的密室中，因此肌膚像被麻痺了般記住了那個熱度，而拂去那股熱氣的風非常舒服。

不過隔著一層皮膚的體內，血液仍舊和平常一樣流動著。明明是放火殺人之後，卻沒有類似罪惡感的情緒，也沒有特別激動或焦慮。反而覺得這樣就可以確保堇的安全了，我一個人點點頭。

「果然有問題的不是環境，而是我吧。」

直到幾天前，這都還是困擾著我的煩惱。不過即使殺了人依然一貫無感的我的靈魂，果然有問題，現在我有了自知之明。

可是，我已經不再會為了這個煩惱而顫抖了。因為我就是我，繼續保持原樣就好了，堇這麼對我說過。

那麼我，就會做原本的我該做的事。只要是為了保護堇，救回大家，就算我是個有問題的人我也不在乎。

因為我有堇。

我突然很想見堇。但我還是喘了一口氣後留在現場。我還有該做的事。那就是等火熄了以後尋找屍體四周，找出睦月老師大概絲毫無損的手機，然後奪走時間。

我在腦中重新思考，平靜地呼吸。一切都照計畫進行。殺了吾妻的人會瞄準這次補課的時機襲擊我們，還有趁此機會殺了那個人，全部都如同之前所思考的，堇現在應該在圖書館了。因為已經猜想到可能有這樣的情況，所以事先交代堇一旦有萬一，希望她逃到谷津老師那裡去。

這時，一直擔心的事在腦中揮之不去。

「……該怎麼和堇說明才好。」

我只有告訴她該逃到哪裡，但並沒有說我要在這裡殺人。如果說出來，堇一定會反對，或者是不願意只有我犯下這樣的罪行，而要求一起殺了對方。

堇雖然膽小，但是個只要下定決心，就會貫徹到底的人。七濱同學的復健也是，她似乎從國中開始，就每個星期都去協助，從不缺席。

不過她依然是個平凡的人。她和吾妻或春乃或我有著根本上的差異，受到父母疼愛，也有很多朋友，是個生活中不知汙穢與扭曲的人。

我想要保護那樣的她。我不希望弄髒她的手。

就像谷津老師所說的，我希望能夠幫助堇盡早脫離這個殺人或被殺的連鎖之中。

所以我才沒有和菫說我要殺人。

因此我首先要救助的，不是吾妻也不是春乃，而是菫。雖然不知道睦月老師累積了多少時間，不過他應該已經回收了吾妻的時間，而且看起來還殺過其他人，或許擁有大量的時間。只要利用那些時間，首先就能改變菫**獲得神秘APP**的過去。

當然我知道這麼做之後會有什麼後果。大概是我會孤單一人，而菫則是成為一個一無所知的人活下去。她對我說出口的告白，在沒有了APP之後，或許也會變得不曾發生過。

不過這樣就好。雖然菫曾說過要一起努力，可是即使要背叛她，我都要一個人戰鬥。

於是我，從披在泳衣上的浴巾內側，握緊了自己的手機。

「妳等著我……菫……」

說到一半的話突然斷掉了。感覺喉嚨哽住了什麼東西，過了一會兒，洶湧而出的那個東西從唇間滴落。

同時，有一種胸口被貫穿的銳痛。

「……咦？」

掀開浴巾前方一看，我的胸口從後方被深深貫穿。從嘴裡溢出了鮮血。

那一瞬間，一隻手從後方伸到了我的眼前，沒有任何猶豫地，將刀，刺進了我的喉嚨。

# 第八章　七濱勇氣

我再也無法忍受了。

「這些人，為什麼都要讓谷津老師痛苦呢？」

在泳游池附設的男子更衣室前。從背後往心臟，以及從喉頭往後腦勺，刺穿了這兩個地方之後，一條立刻就動也不動了。我丟下他，擦拭著被血沾溼的手。然後拿起一條手中握著的手機打開神秘的APP，低頭看著畫面。

只累積了大概一成的時間。就像三宮消失時他們大動作的反應一樣，一條等人對APP的理解程度直到上週都還很低。一定是因為他們得到APP的時間還不久的關係。

不過，這樣的他們現在已經掌握到APP的核心，甚至還釣出睦月老師把他給殺了。

這一點讓我很不高興。他們之所以能這麼理解APP，都是多虧了谷津老師的幫助。谷津老師可是胸懷著希望大家不要再互相爭奪的清高心願，不惜冒著危險告訴他們APP的事。

然而，結果雙葉、吾妻、睦月老師都一個接一個地死去了。

這些人，踐踏了如聖母般善良的谷津老師的好意。

**和三年前一樣**。多名學生開始互相爭奪，不管谷津老師怎麼阻止都不聽勸，在她的面前不斷上演著地獄。

所以我那時候，一個也不留地殺了所有人。讓谷津老師痛苦的蠢人們死一死也是剛好的事。事實上這幾天，谷津老師因為憂思過度，身體一天比一天差，我真的看不下去了。

「要是聽谷津老師的勸，安分守己過日子不就好了嗎？老是受自己的欲望驅使，反正之後還是會再去殺人吧。就只是頭野獸罷了。」

我踢了一條的屍體一腳，從鼻子哼了哼聲，操作他的手機奪走時間。

完成之後，一條的存在就消失得一乾二淨了。

「所以才需要有人來驅除這些傢伙。」

只是，就在我完成這些自言自語時，背後傳來微弱的動靜。那是腳底動作僵硬地摩擦過水泥地面的感覺。

我一回頭，雪月站在那裡。

「你做了……什麼……」

她張口無言，臉色蒼白。似乎隨時都要昏倒，瞪大的眼瞳震顫著。用力盯著看的地方是剛才一條屍體的位置。

「原來妳在啊。」

我一出聲，她的身體就劇烈顫抖。長髮的髮尾細碎地抖動，好像吹口氣就會消失般地脆弱。

看起來連呼吸都無法好好換氣，喉嚨發出「咻咻」的哮鳴聲。額頭和鼻尖噴出水珠大小的汗滴，一路滑到顎尖。

她剛才應該已經往校舍方向走去了才是。我是看著她離開之後才進來的不會有錯。我判斷這幾天總是和一條一起行動的雪月，在單獨行動的那個當下，就代表有事發生了。

於是我沿著她來時的路走過來一看，一條已經殺了睦月老師。

這時我歪頭一問。

「妳……屬於哪一邊？」

「什麼？」

我朝著嚇到隨時要暈倒的她走近。隨著右腳、左腳每一次前進，雪月被我的氣勢震懾，彷彿被看不見的牆壁給推出去般往後退。只是她的後背撞上了圍在游泳池四周的隔間屏風，無法再繼續後退。

當我把她逼進死路後，一把抓著她的喉嚨，從她的頭上再次問道。

「妳也會殺人嗎？」

一條殺了睦月老師是事實。不過雪月當時正在離開的路上。如果她和一條一樣打算殺人的話，那她那個行為的意義就說不通了。

我抓著她喉嚨的手加深了力道，頭往前伸，俯視著她浮出淚水的雙眼。

「妳應該不會這麼說吧？對吧？殺人是壞事。不能夠殺人。這個道理妳應該明白吧？」

她的唇角浮現出泡沫，即將要窒息。雪月是個膽小又乖巧的普通學生。雖然她抓著我的手掙扎，但也就只是聊勝於無，我進一步扼緊了她的脖子。

就在那一瞬間，她快要消失的眼中光芒，忽然迸發出閃耀光輝。

接著她吞下口中殘存的空氣，發出微弱聲音。

「你這……殺人兇手。」

下一秒，她放開抓著我的手，五指呈鉤爪狀，往我的臉上一揮。眼鏡被彈飛，雙眼被深深刨挖的痛楚讓我反射性地身子一軟。

「呀！」

我的手一放開她的脖子，她馬上往下一縮逃了開來。不能讓她給跑了，我半回過身往她的側腹一踢，她便滾到了地上，不過隨即站起來拚命地想逃離。

「站住！」

眼鏡掉了，兩眼又受了傷，視線糟糕透了。雪月的背看起來像是有兩個，我的腳步虛浮，無法掌握距離感。

只不過，我還是立刻追上了她。然後瞄準她的背用力揮拳過去，只是因為視線太差，目標大幅失準，拳頭落到了雪月的後腦勺，她再次跌落地面。

即使如此，雪月還是不打算停止，她馬上站起來，轉身把我往後一推。力道比我想像中的還強，我一陣踉蹌，她趁著這個空檔大叫。

「我也不是只會受別人保護！」

或許是情緒激動的關係，她的聲音高亢尖銳，完全不見平常的沉穩。她伸手往旁邊打開了某一扇門。

接著讓人嗆咳的熱氣噴發，飄散出一股肉類燒焦的可怕惡臭。

「既然一條同學要戰鬥，那麼，我也必須戰鬥。我也、我也可以！」

那是傳達出強烈悲壯意志的嘶吼。只是我的視野一片模糊，當我還搞不清楚狀況不斷咳嗽時，我的手被抓住，用力地往前拉。

然後，我和雪月一起翻倒在地。全身立即被高熱包覆。

「好燙！」

我勉強睜開眼睛，眼前是一片火海。沿著地板燃燒的火光搖曳著橘色和藍色，吞噬了絕大多數的東西。有倒塌的置物櫃、燒成焦炭的木板，以及壯碩的男人屍體。已經動也不動的屍體或許曾試著爬到門口附近，所以留下了黏稠的黑色移動痕跡。

我立刻移開視線，為了逃出更衣室而打算起身。可是雪月跨坐在仰躺著的我的腹部上壓制著我。

「哇啊啊啊！」

她好像神經錯亂了似地不斷往下揮拳。一次、兩次落在我的頭上，我的後腦勺撞到了地板。這段期間，全身受到大火焚燒，已經無法繼續保持理智了。

「讓開，該死的東西！」

我粗魯地抓著她的頭髮，想要把她拽離我身上，但雪月還是不停不停地毆打著我。她明明也被火舌纏上了，卻全神貫注在要殺了我，她豁出了一切撲上來，完全無法推開。

不知不覺間，我連呼吸都有了困難。大概是高溫的熱氣灼傷了喉嚨，我無法出聲，意識漸漸朦朧。

眼球傳來彷彿被燒乾了的疼痛，後背有種皮膚融化黏在地板的感覺。

身體開始動彈不得，無法再思考任何事。

這時候我忽然想到的，是谷津老師。楚楚可憐，又善良，是許多人的支柱，如同女神般的人。

我只希望，無論如何，她都能幸福。

在我這麼想時，視線前方看到了某樣東西。被打倒在地，只能沿著地面看出去的視線。包圍在烈焰中的四方形物體。

那是，某個人的手機。

# 第九章　一條仁

小學時，我的綽號是亞利安。

問同學原因，大家都說因為我感覺很可怕。

可是我不是想問這個，我是想知道亞利安這個詞的意思。所以我趁著那天去問學校老師，老師說亞利安就是外星人的意思。

然後我再問老師外星人是什麼，老師回答外星人是生活在這顆地球飄浮的宇宙中的人。

那麼，亞利安不只我一個人，我這麼想。因為大家都住在地球上，都是外星人。

我不明白我和其他同學有什麼不一樣。

我不明白和別人不一樣有哪裡不好。

可是我果然是個壞人，因為我問老師亞利安的意思，導致老師知道了同學欺負我的事，反而被認為是愛打小報告的人而受到排斥。

被人在背後說閒話，被當面說些惡毒的言語，東西被藏起來，營養午餐裡被加了很多料，被打，被排擠。

每一次我都會想起媽媽。三年前，我還是小二的時候，被警方逮捕而不知所蹤的那個媽媽。

每一次被大家咒罵時，媽媽的怒吼就會在腦中響起。我想起只要有東西被藏起來，媽媽就會連一個玩具也不給我；我想起只要不吃營養午餐，就連像樣的食物都吃不到；我想起只要被同學打，就會被媽媽揍。

所以我什麼都不說，因為不能反抗。對媽媽而言，說「肚子餓了」或是「想要買那個」，或者是大哭或逃跑，都是一種反抗。

我不能開口說話。我不能睜開眼睛。我不能走路。對我來說，活著這件事本身就是在反抗普通人，我光是存在，就會有強烈的逆風吹來。而我的身後就是深不見底的懸崖，大家彷彿口徑一致地大叫著要我跳下去，與活著這件事相反的逆風一直在我耳邊嗚嗚呼嘯著。

所以，除此之外我什麼都聽不見。

「我回來了，媽媽。」

「你回來啦，仁……哎呀，你那身傷是怎麼回事！」

一回到家，正在摺衣服的第二任媽媽就停下手跑來查看。

「沒怎麼樣。」

「怎麼可能沒怎樣！你看，全身都是泥巴，還到處都有瘀青。要快點擦藥才可以。」

她臉色大變地這麼說，接著急忙拿出家裡常備的醫藥箱，開始幫我擦藥。

我直直地盯著她的動作，開口問出一直以來的疑惑。

「為什麼要幫我擦藥？」

對於我的疑問，媽媽停下擦藥的手，倒抽了一口氣。

「沒有為什麼，孩子受傷了做父母的當然要幫忙擦藥。」

「可是，**我的**媽媽就沒有做過這種事。」

這麼回答後，媽媽緊咬嘴唇看著我。然而，我不明白那樣的感情。我已經長時間沐浴在惡意和敵意之中，除此之外的情感我完全無法理解。對我而言的普通，就是受到輕蔑。

「那只是因為你原本的爸媽不是普通人的關係。不過現在不一樣了，你已經是我的孩子了。擔心自己的孩子，幫他擦藥是很平常的事喔。」

第二任媽媽和爸爸是很善良的人，但我知道那是為什麼。

媽媽和爸爸以前有自己的小孩。然後那個孩子已經不在了。所以他們兩人看著我時，那個熱切的眼光看起來不是對著我，而是在看著某個遙遠的地方。

我是那個孩子的替代品。

我很在意這件事，忍不住問了出口。

「我真的是媽媽的孩子嗎？還是，我是媽媽孩子的替代品？」

結果，媽媽像結凍了般停下擦藥的手。

「你為什麼會問這種事？」

「我半夜起床時，看到你們在佛壇上放了一張和我差不多大的男孩照片，然後替他上香。那個男孩，是你們真正的孩子吧。」

對於我觀察深入的言論，媽媽聽入了神，忘了呼吸。但她隨即重新深吸一口氣回答。

「不是，不是這樣的，仁！那個孩子的確是我們的孩子，但你也確確實實是我們的孩子喔。不是替代品，沒這回事……」

聲音越來越微弱的媽媽眼中浮現出淚水，但是我不懂她為什麼要哭。所以伸出滿是傷痕的手，擦了擦她的淚。

「不要哭，媽媽。我沒有覺得怎麼樣，我一點也不會痛。就算是替代品，你們這麼珍惜我，我很感謝你們。」

這句話不是虛情假意。因為我以前不管被打得多嚴重，被罵得多難聽都不在意。應該是這樣的。

可是，當我注意到時，我的眼中也流出了淚水。不知道自己的心在哪裡。總覺得「就算是替代品」這句話講到一半，胸口突然痛苦了起來，心臟像是被壞心的惡魔緊捏在手中一樣痛苦。

那時候，我突然理解了亞利安這個詞的意思。亞利安既不是外星人，也不是和他人不一樣的意思。

亞利安是指，不存在於這個世界的存在。大家所說的亞利安是幻想中的存在，而一條仁這個人不存在於這個世界才是個好的存在，是必須成為某個人的替代品才能活下去的人。

這時候，我第一次感受到心痛。我已經無法毫不在意了。

可是我一定要平靜下來才行，於是我迅速低下頭。雙手死命地擦著眼淚，努力想要壓抑情感。

「對不起，我不小心哭了。我馬上就停下來，我會一個人止住眼淚，我不會反抗，等我一下。」

沒想到媽媽突然向我靠近。我以為會被打，身體很輕微很輕微地顫抖。

可是媽媽不是打我，而是抱住了我。那是我所不知道的暴力。媽媽的手抱得很用力，都要將我壓扁了。

「對不起，仁。媽媽沒能幫助你，沒能讓你成為普通人。」

「……媽媽？」

眼前這個人類在想什麼，身為亞利安的我無法得知。真的是完全沒辦法理解。全部都是我不明白的事，就像用著我從來沒聽過的語言在說話一樣。

媽媽溫柔地在這樣的我的額頭上輕輕一吻。

「但是，已經沒關係了。疼痛不是一件正常的事。不痛才是正常的。所以，不要說你不會痛。」

媽媽的聲音在顫抖。

「因為你應該比任何人都有過更多疼痛的回憶。」

但是，我依然不明白這句話的意思。

於是我開始想要成為一個普通人。

因為我想理解媽媽話語中的意思。

因為我想要作為我自己活在這個世上。

回過神時，我正看著深藍色即將入夜的天空。

飄浮在低空的雲層厚實，像丸子一樣。這樣的雲，明明是夏天，卻熱得要死地圍成一團玩起互相推擠的遊戲，彼此維持著不近也不遠的距離。而有時候，心急的一等星們會從雲與雲之間的縫隙，一窺地面的我們。

他們究竟在看什麼呢？是一心想著快點入夜嗎？的確，現在是夏天，白天的時間較長，星星們一定覺得備受限制，所以我可以理解那樣焦急的心情。

可是在理解的同時，腦中似乎牽掛著什麼。

「奇怪，我……」

我起身，探索著記憶。總覺得好像睡了很久的樣子，腦中一團混亂。但即使如此，我依舊立刻想起了刺穿自己胸口的兇器尖端，還有與之同時以喉嚨為目標逼近的刀。

沒錯，我確實被殺死了才對。我能夠鮮明地回憶起被刺殺之前的一切，重新確認自己的死。於是我摸了摸胸口和脖子，卻沒有任何傷口。

究竟發生了什麼事。在殺了睦月老師之後，我確實是被某個人給殺了。但是，現在卻這樣活著。

我在思考的同時環顧周遭，發現自己的身體旁邊掉著一台手機。撿起手機，出現了神秘ＡＰＰ的血紅色橫幅標誌。

我檢視過四周，確認沒有人之後才打開ＡＰＰ，結果立刻察覺到不對勁。

「時間……不見了。」

我的APP裡多少累積了一點時間。但是現在卻連一粒沙也沒留下，時間全然消失，沙漏裡面空空如也。

究竟是為什麼？我馬上想到了答案。殺了我的人奪走了我的時間。說到底，殺了我的那個人，動機除了要奪取時間之外我想不出還有其他理由。

那麼接下來產生的疑問，就是為什麼我沒有消失。

我的意識漸漸恢復清晰，腦袋開始轉動了起來。首先要分析現況。我被某個人殺了，並且奪走時間，到這裡都很清楚。這樣的話，之後發生了什麼事。

我先查看手機，確認時間。從我殺了睦月老師到現在並沒有經過太久。

——那麼，殺了我的人或許還在附近。總之晚一點再思考。先離開這裡，和董會合比較……

當我想到這裡，加強對四周的警戒時，卻感到一股異樣感。我好像漏掉了某個最根本的地方。

我再度巡視周遭，一次、兩次，馬上就發覺了。

眼前的男子更衣室寂靜得很微妙。

既然距離我被殺了以後時間還不長，那麼吞噬睦月老師的大火應該還在燃燒才對。

——睦月老師，現在怎麼樣了？

我爬起身，再次警戒著四周，戰戰兢兢地往更衣室的門走去。輕輕伸長手抓住門把，傳來一陣涼意。

裡面果然很安靜。

我瞇起眼，重新繃緊神經，慢慢地拉開門。

可是就在門打開約一寸寬時。

「怎麼回事？」

從隱約可見內部的門縫間，流淌出一陣惡臭。那是類似肉與血燒焦的可怕氣味，我微微地皺起了眉。

是睦月老師的味道嗎？我從門縫間窺視著裡面，然後呆立在當場。

「……蛤？」

我忍不住半張著口，腦中一片茫然。雖然心知現在是不能大意的時候，但眼前的景象卻讓我移不開視線。

更衣室裡像從沒發生過任何事一樣乾淨。無論是置物櫃，或是木地板，到處都沒有燃燒過的痕跡。

而在那樣的更衣室中，入口附近，躺著屍體。

一共，有兩具。

就算從旁也看得出來，是一方跨坐在另一方身上，壓制著對方的結構。兩具屍體全身都燒得剩下一半，從潰爛的皮膚中，可以看見焦黑的肉塊與血塊。從被壓制那方的體型大小推測大概是男性。殘餘的衣服碎片看起來像是白袍，感覺似乎在哪裡看過。

但是，深深刺入我眼中的，是另一方。壓制的那一方。身材嬌小，從纖細的四肢輪廓來看，很明顯是女性。尤其是身穿看似是制服的服裝，僅剩不多的黑髮髮絲長及背後一帶。

更重要的是，她手中握著如同全新品的手機，我有印象。

「……菫？」

脫口而出的話語在震動，彷彿不是自己的聲音。面對那具屍體，我很明顯地動搖著。我連站都站不穩，差點癱軟在地，我抓著門板穩住了自己。

然後調整呼吸，走近了兩具屍體。女性的屍體背對著這邊，讓我感覺還有希望。不，我希望自己保有希望。

然而，這種討厭的預感總是特別容易成真。

繞到那具屍體面前之後，殘存的半張臉很明顯就是菫。

「為、什……麼，菫……？」

我無法置信地跌坐在地，身體虛軟無力。那時候，指尖因為反彈的力道碰到了堇，但她卻沒有任何反應。

她已經死了。

「妳不是去圖書館了嗎……為什麼會在這裡？」

我全身的毛孔大開，感覺到黏膩的汗水噴發而出。然後我低頭，堇壓制的男人的屍體映入眼簾。

那是七濱老師。燒剩一半的臉部輪廓和衣服毫無疑問地是他。

而他的身旁也掉了一台全新的手機。

我伸手抓住那台手機，鎖定畫面上顯示著鮮紅色的橫幅標誌。

原來七濱老師也是ＡＰＰ的持有者。

於是，我推測出了整件事的大概。

——在我死後沒多久出現了他們兩人的屍體。堇看起來像是跨坐在七濱老師身上攻擊他。而重要的關鍵是……

「沒有睦月老師的屍體。」

更衣室的每個角落都沒有那個彪形大漢。而且所有的用具都沒有燃燒過的痕跡。

他們兩人的屍體只燒剩一半也很奇怪。

這樣的話，答案就簡單了。那把火是為了殺死睦月老師而放的。反過來說，只要沒有睦月老師就沒有那場火。

也就是說，有人為了奪走睦月老師的時間，消除了大火燃燒的那段時間。所以才會出現兩人的屍體直到剛剛都還在燃燒，卻忽然中途停止了的樣子。

和我的記憶相同。即使大火燃燒的時間**消失了**，但因為他們兩人都擁有APP，所以他們兩人被火燃燒的時間並不會消失。

這麼一來，是誰奪走了他的時間？考量到我死後到現在時間並沒有過太久，那麼一定是他們兩人其中之一。

我的視線再次看向兩具屍體，然後我明白了。七濱老師的手機掉在他的身旁，但堇卻是緊緊抓著自己的手機。而且觸碰著螢幕，看起來像是在操作著什麼。

我屏住呼吸，從她的手中輕輕抽出手機，上面顯示著APP的橫幅標誌。點下去，讀完畫面上出現的文字後，我理解了一切。

**按照你的希望，使用累積的時間，成功改變一條仁死亡的過去。**

我之所以復活，是因為堇用了時間救回我的關係。而她之所以能夠使用時間，一定是因為她奪走了睦月老師的時間。

那麼，回到她出現在這裡的原因，一定是不想讓我孤單一人。她大概是在前往圖書館的途中，改變心意不願留我一個人在這裡，所以才回來的。她就是這樣的人。

結果，很可能和殺了我的七濱老師撞個正著，於是扭打了起來。嬌小的她贏不了成年男性的七濱老師，所以想辦法把他拖進大火燃燒中的更衣室，一起犧牲了自己吧。

而她在臨死之際，從更衣室裡的睦月老師手機中奪走了時間，迅速讓我復活。

「妳……為什麼？」

我緊握住堇的手。如果還有空檔儲存並使用時間，應該來得及讓自己逃命的。可是堇卻沒有這麼做，而是救回了我。

我能夠理解堇的這個舉動了。

因為我已經成為了一個普通人。

這代表堇如此地珍視我。

「……為什麼妳會這麼善良。」

看到吾妻殘忍殺害草太的樣子也沒有輕視她，而是努力想理解；看著眼前哀嘆苦惱的谷津老師，雖然自己很害怕，仍是想要鼓勵她。對待我時也是如此。她接納我的一切，肯定我沒有問題。

即使身處在這樣的地獄情況，直到最後一刻，她依然在為他人著想。再怎麼膽怯、害怕、迷惘，還是鼓起勇氣做出選擇。

然後，死去。

「菫……菫……！」

失去重要之人的寂寞讓我無法呼吸，我想起了小學時唯一一次哭過的經驗。那時候我在媽媽的懷中，卻依然不知道自己身在哪裡，應該待在哪裡才好，彷彿在浩瀚的宇宙中迷路的亞利安一樣，在孤獨中哭泣。

而現在，我又成了孤單一人。原本這是稀鬆平常的事，應該要覺得無所謂的，但只要感受過一次溫暖，就再也無法忘懷。

寒冷、寂寞，簡直就要發狂。

所以回過神時，我像媽媽曾做過的一樣，緊緊抱住菫，在她灼傷潰爛的額頭上落下一吻。

苦味在口中擴散開來，是血及脂肪及焦黑皮膚的味道。然而我毫不猶豫地以舌頭捲起那股味道，含在口中細細品味，慢慢吞了下去。

她漸漸落入胃裡的感覺，排解了我的寂寞。

寂寞就如同飢餓的感覺。不論現在如何滿足，總有一天都會再次寂寞。而越是滿足，胃口就被養得越大，飢餓時的痛苦也會隨之增加。

最重要的是，就像不進食便無法活下去一樣，寂寞會讓心靈逐漸乾涸。

好不容易成為了普通人，有了活著的實感，卻又要再次死去。

不能這樣。

「我們約好了，要救回所有人。」

我盯著她看。將她的身影烙印在眼中。舌頭舔舐著黏附在嘴巴四周的堇的血，滋潤柔滑，讓我很順暢地開口。

「我一定也會救回妳，所以妳再等一下。我會認真計畫，妳給我的這條命，我絕對會活下去。」

然後我的眼光從她身上滑開，落在了地板上七濱老師的手機。

「不論用什麼方式，這一次，我一定會救回大家。」

# 第十章　谷津峯子

我沒有活著的感覺。

圖書館旁的書庫中，我一個人坐在椅子上低著頭。太陽已經下山，明明沒有人會在這個時間來到圖書館，我還是一直坐在這裡。

不，就是因為沒有人會來，所以我才待在這裡。這幾天，以三宮同學的消失為開端，接連不斷地有人被殺。和幾年前一樣，一旦開始了，就非得等到所有人都死亡才會停止。

當然，事情演變至此，我擔心的是一條同學和雪月同學。他們早已被捲入互相殘殺的漩渦中，性命受到威脅。也許到了明天早上，就會從學校裡消失。

我究竟，該怎麼做才對？這樣的煩惱一直緊勒著我的脖子。是否不該和他們坦白ＡＰＰ的事？還是說就算要抓著不放，也應該留住想要去阻止吾妻同學的他們兩人？又或者他們前來表明要保護自己時，我應該勸告他們逃得越遠越好？

我什麼都不知道。我只不過是想要安安靜靜地活著，只不過是不希望大家你爭我搶。

我從口袋拿出手機，打開神秘的ＡＰＰ。時間已經累積了八成滿。自從學生時代獲得ＡＰＰ之後，我就默默地一點一滴持續累積時間。

為了改變自己的過去。

國中時，我遭到多名成年男子強暴，導致心裡受傷，把自己關在家中，我想要改變虛擲青春以及一切的過去。

可是，我開始對把希望寄託在ＡＰＰ上的這件事本身感到非常厭惡。因為到頭來，我也是為了自己的欲望而想要使用ＡＰＰ。我對太多的事視而不見，只以自保為優先，即使一條同學和雪月同學都說了要和我一起加油，我卻無法做出任何回應。

我才是個旁觀者。雖然沒有弄髒自己的手，但那是因為我從沒有向任何人伸出手過。只是辯解著我做了自己能做的事，從這間圖書館遠遠看著大家被地獄吞噬。

「……不然，要我怎麼做才好？難道我也離開這裡，去殺了某個人就好了嗎？在明知自己可能會被殺的情況下？」

我說出了再也無法獨自承受的想法。那是醜陋的嘔吐物。含著強酸的內容麻痺了喉嚨和嘴唇，甚至似乎散發出惡臭。而那就像一旦吐了出來，就無法再次吞回去的唾沫一樣，深深感受到自己是個多虛偽的偽善者。

於是我咬緊牙根，握住手機。

「就是因為有這種東西，我才會！」

我想要丟掉，卻停在高舉著手的姿勢動也不動。因為我清楚這麼做沒有意義，但更重要的是，我發現如果可以改變過去，自己還是想要使用ＡＰＰ。

過去扎扎實實的八年間，我都在累積時間。我獲得ＡＰＰ的當時還是個繭居族，可是有了APP之後，我開始有了希望，想要像這樣外出工作。然後現在，也認識了那個人。

七濱勇氣老師。他是個性格友善又紳士的人，很聰明，常常關心學生。而且雖然對自己和對他人都很嚴格，但在之中確實有著溫柔和真心。

學生們似乎都在謠傳我們是不是在交往，但其實還沒發展到那一步。不過我是這麼期望的，我相信對方應該也是這麼想。

前幾天，和三宮同學及一條同學開讀書會時，七濱老師提出了約會邀請。

他是個笨拙的人。整個人手足無措、臉色漲紅，還好幾次說錯話，同時遞給我以前我曾說過想去的市區水族館門票。

我到現在還是很怕男人，可是，我認為只有他可以相信。他給了原本只有APP這個希望的我的人生，一個新的希望。

所以，為了從和七濱老師的這種關係中獲得鼓勵，我拿出了放在包包中的長夾。因為怕弄丟，我把門票放在裡面總是隨身帶著。

然後我打開長夾開口，卻瞬間懷疑起自己的眼睛。

「……不見了？」

我倒抽了一口氣。本來放在長夾夾層中的水族館門票消失了。

是掉在哪裡了嗎？我不禁起身，在書庫中來回尋找，卻沒有發現。這樣的話會是在家裡，或是在某個地方拿出皮夾使用時弄丟了嗎？

——不，我應該一直很小心才對……。

想著想著，情緒越來越消沉。一想到如果真的找不到了，不知道該怎麼解釋才好。而且本來是想藉由門票從ＡＰＰ引發的廝殺及罪惡感中逃離，這下反而更空虛了。

「……回家吧。」

我低喃著，收好東西之後鎖上書庫的門。雖然是日常流程，但這個行為卻一天比一天更疲勞。因為太過憂慮，最近身體不太好，連移動身體都覺得抗拒。彷彿全身固化了一樣，極度疲憊，有一種難以活動身體的感覺。

於是我的背彎得更低了，正在我想確認圖書館的窗戶是否關好時。

傳來門打開的聲音。

那是軌道已經不夠滑順的拉門。像是亡靈笑聲般陰森的滑軌聲「喀啦喀啦」地響起，打破了圖書館內的寂靜。

我回頭，一名男學生站在圖書館的入口處。

「……一條同學？」

平均的身高，很有特色的自然捲。或者該說，是他身上特有的氣場，就像時鐘的指針一樣，無論何時都淡然自處的身影，讓人一看就知道是他。

一條同學抬起臉。

「谷津老師，太好了，妳還在。」

聽到他的聲音，我下意識地後退。他迴盪在寂靜黑暗中的聲音，除了平常無機質的淡漠，還多了像是肉體溫度的東西。

「呃，對，不過我要走了。」

總覺得他的眼睛是無盡的黑。周遭的黑暗只不過是沒有光的昏暗陰影顏色，但是一條同學的眼睛是純正的濃黑色，不論周圍是什麼樣的色彩，都擁有清晰的輪廓，帶著異質的光澤彷彿在主張自己的存在。而且，我的視線無法從如同剪刀或菜刀這類刀具的刀尖散發出的霧面光澤中離開。

「一條同學，怎麼在這個時間出現？」

我有一種詭異的不好預感。就在我為了隱藏焦慮而想找話說時，立刻注意到。

「雪月同學怎麼了？你們不是說原則上都要兩人一起行動嗎？」

在我說出雪月同學的名字時，一條同學眨了一下眼睛。然後經過眼瞼拂拭的眼球變得更加晶亮有光澤。

「我有事找老師，所以請堇等我一下。」

「有事？」

「對……很重要的事。」

說完，一條同學反手關上門，「喀嚓」一聲上了鎖。

「……咦？為什麼要鎖門？」

我這麼問完，他安靜地，但又確實地朝我這裡走來。一步、兩步，步伐隨著前進越來越快，不動如山的黑色視線牢牢定在我身上。看著眼前一語不發逼近的他，我腦中的創傷開始閃現。

國中時，我被某個男人追逐、抓住、擄走的創傷。車子裡有好幾名男人，被他們包圍、按住，他們用猛獸般的目光俯視著我。

現在一條同學的眼裡，有著類似那樣的東西。而且還是更深沉、更剽悍的東西。總覺得，他的眼神像是要殺了我。

「不、不要過來！」

回想起過去，我忍不住大叫，但是他並沒有停下腳步。接著他從書包中緩緩抽出刀子之後，我已經害怕、恐懼得雙腿發軟。

於是我跌坐在地，他迅雷不及掩耳地跨坐到我身上，瞄準我的胸口揮刀而下。

「啊、啊！」

嘴裡吐出鮮血，我發出哀號。我馬上想要反抗，可是他毫不留情地向我揮拳，斷掉的牙齒滾落在地。

「為、為、為、什麼？」

我勉強擠出這句話，他壓制著我，和平常一樣面無表情地說。

「為了奪走妳的時間。然後，也是為了幫助妳。」

「幫助、我？」

「對，我察覺到了。」

一條同學這次揮刀刺向我的肩膀。像在切肉切魚切菜一樣，使出不帶任何猶豫的力道，我忍不住尖叫。

但他依然沒有停手。

「那就是不能擁有ＡＰＰ。想要成為普通人，和活著這種事，並不是成為理想中的自己，而是要認同自己。就是因為想要成為非自己，所以才會產生欲望，人才會殺人。如果是為了他人，或是為了理想中的自己，不管是殺別人，或是殺自己，人都可以毫不在意地殺人。」

他繼續說。

「但是，這樣是錯的。所以我，要讓一切恢復原狀。」

或許是血和脂肪讓刀刃不再鋒利，一條同學丟開了刀子。然後用沾滿鮮血的右手毫不遲疑地抓住我的脖子。鮮血和疼痛和不舒服的感覺湧上，我反射性地掙扎。

不過一條同學不理會我的掙扎，伸手進我的衣服口袋中拿出手機。

那一瞬間，我不經思考地大叫出聲。

「住、手，住手，求求你……不要！」

那一定很難看，很滑稽，很醜惡。我依然向一條同學拿走的手機伸手。簡直就像玩具被父母收走，而不斷哭鬧的孩子一樣吧。

「我的、時間……」

我想要ＡＰＰ，所以哭了。

「還、我！」

這時候，他終於低頭看我。

那雙眼裡，就只有細緻、漆黑的平靜。

「老師妳不需要依賴這種東西也很善良、聰明、受同學歡迎……並且被愛不是嗎？」

這句話，讓我瞬間想起七濱老師，我伸直的手僵硬地停住。

「和別人不一樣並不是件壞事。真正的壞，是指責和別人不一樣的人。即使和別人不一樣，即使吃盡苦頭，即使好幾次停下腳步，只要正面迎戰自己與他人，一定能夠克服難關。」

他操作我的手機打開ＡＰＰ，然後按下了沙漏。上面顯示的，是要不要奪走我的時間的選項。

在手指按下該畫面的同時，他說。

「首先是，一個人。」

# 終章

## 七濱亞美

讓人煩躁的夏天。

為什麼太陽會這麼毒辣呢？強烈照射的灼熱光線一點一點地烤著我的身體，汗水一滴接著一滴。尤其是我，為了走路拐杖不能離身，另一隻手又提著隨身物品，連一把陽傘都撐不了。

「可惡，熱死了。」

我走的地方，是位於自家附近住宅區的斜坡。筆直往天空延伸的柏油路上，熱氣蒸騰搖曳，它們纏繞在走在路上的人們下半身，如字面所述地扯人後腿，讓人心情鬱悶。所以我更用力地，像是要擊潰它們一般用力地撐著拐杖，艱難地繼續走著。

我在國三的放學途中遇到車禍，所以身體不再能隨心所欲走動。一開始因為巨大的絕望讓我不知所措，但在兒時玩伴兼好友的菫鼓勵之下，我才能恢復到現在的樣子。

從那之後已經過了四年。高中畢業之後的第一個夏天。現在彼此還有聯絡的國中及高中朋友們，一個個像解脫了一樣，染髮的染髮，交男友的交男友，有各式各樣的花招。

真的是，讓人煩躁的夏天。

「這些傢伙……王八蛋。」

我和差不多年紀的情侶擦身而過，咒罵了一句，但還是搖著頭繼續往前走。

然後一抵達目的地的咖啡廳，馬上推開具有厚重感的木製大門。門上的掛鈴輕快地響起，櫃檯後方熟識的店長轉過頭來。
「啊，亞美，妳好呀。」
「噢，大叔，堇在嗎？」
「不在，她還沒來。」
我的眼光移到掛在牆上的古老時鐘，距離約好的時間還有好一段空檔。
「妳們約這裡見面嗎？手上那是什麼？」
店長大叔低頭看我左手提著的紙袋。我轉著肩膀放鬆緊繃的肌肉同時回答這個問題。
「嗯？啊，我回阿媽家昨天才回來，結果得到一大堆西瓜，我媽一直叫我帶來煩死了。然後堇好像有私事要找我商量，所以約好在這裡見面。」
由老宅改裝的店裡，客人稀稀落落地坐著。有線廣播緩緩播放著似乎在哪裡聽過的時尚古典音樂，這是個很適合納涼的地方。
然後我隨便找了個空桌坐下，和講話輕聲細語的店長大叔隨意點了杯飲料，舒了一口氣。
這時候，從店內的某處傳來這樣的對話。
「欸，你知道神秘的APP嗎？」
我看向傳來聲音的地方，一群似乎是高中生年紀的男女，感情很好地聊著天。

「知道，是那個可以改變過去的ＡＰＰ吧？」
「對對，所以聽說可以實現任何夢想。」
「不過那只是傳說而已吧？」
那只不過是在閒聊打屁。很有假日白天的樣子，就像群聚街角的小鳥們吱吱喳喳交換著風聞雜談，不過是這樣而已。
所以我內心受不了地想著。
——那**才不是傳說**。
要說為什麼我會這麼想，很簡單。
因為我也有神秘的ＡＰＰ。
這是約兩年前的事。在復健的中途休息時間我打開手機，鎖定畫面上就出現了沒看過的鮮紅色橫幅標誌，不知道什麼時候被安裝了ＡＰＰ。
當然一開始我是半信半疑的，但在讀過教學，嘗試過各種測試之後，那些疑問也消失了。
而現在，我正如ＡＰＰ的忠告，偷偷地累積時間不讓任何人發現。
目的只有一個。
——時間滿了之後，要讓那起交通事故……

害我被迫放棄排球，國中時的那場悲劇。現在也因為當時的後遺症，而不能自在走路。

可是只要使用ＡＰＰ，我就可以成為**真正的自己**。

當然，我並不認為現在的自己是虛偽的。我千辛萬苦持續復健才恢復到可以走路，而且現在也有很多朋友，日子過得還算快樂。其實我還在打排球的時候，心中某處也曾嚮往過這樣平凡的日子。

可是，隨著時間流逝我越來越常想。如果沒有當時的意外，現在的我會是什麼樣子？

打排球那時的競爭對手，現在已經是日本全國的王牌了。相反地，我光是夏日在外面行走就感到辛苦，而且無論去到哪裡，都會被同情。

如果沒有那時候的意外。

在我沉思時，輕快的掛鈴聲在店內迴盪。

我一回頭，和高中時完全沒變的菫站在那裡。

「啊，亞美！」

她發現了我，「咚咚咚」走來的她像極了小動物，非常可愛。臉上化著淡妝，即使成了大學生也依然是未經刻意雕琢的樸素少女。

「對不起，妳等很久了嗎？」

「沒有，我才剛到。」

她鬆了口氣地拍拍胸口，在我對面坐下。然後向店長大叔點了檸檬茶。

我出神地看著她的動作，還是忍不住想起了發生車禍時的事。那時候我救了菫，之後，她一直陪伴在我身旁。

但是相反地，如果沒有那場車禍的話……我還能像這樣和菫在一起嗎？

「亞美？妳怎麼在發呆？」

菫這麼問，我搖了搖頭。

「嗯？啊，沒什麼啦，就是……想說妳都沒變呢。」

「那是什麼意思啊。是說，我比高中時長高了五公厘耶！」

菫抗議般地說著，一臉生氣的樣子。感覺自從那場車禍之後，我和她之間的距離縮短了一些。

「是嗎？真是太好了呢。那明年妳會比我高囉？」

「啊，妳很故意欸！明明就不是真心這麼想的。」

「啊哈哈哈！」

我忍不住笑出來後，菫鬧彆扭地把頭轉向旁邊。或許是我多心了，總覺得她看起來比平常我們打嘴砲時更受傷。

「反正我就是這麼孩子氣……」

「喂，堇？對不起啦，不要那麼介意嘛。妳雖然個子不高，但是很可靠啊。而且，怎麼說……既然妳現在還會長高，搞不好之後也會繼續長啊，還有……」

看到比我想像中還要沮喪的堇，我急忙地想要修正。結果堇嘴角揚起地說。

「那妳請我吃一塊蛋糕我就原諒妳。」

「蛤？」

「妳想啊，為了長高，我必須多吃一點嘛。」

然後她鬼靈精地笑了起來，一臉得意的表情。於是，我知道自己被騙了。

「妳這傢伙……」

「呵呵，亞美妳真善良。」

快速加點了蛋糕之後，堇毫不歉疚地說。這傢伙，該說是出乎意料的大膽呢，還是說看起來膽小實則膽量夠大呢。

「受不了……早知道我就多帶幾顆西瓜過來了。」

我嘟著嘴，把裝了兩顆西瓜的紙袋遞給她，她的表情很明顯地亮了起來。

「哇，謝謝。我爸媽一定也會很開心。今年的也很漂亮呢。」

「喔，我會轉達給阿媽。」

當我看著菫低頭欣賞西瓜的樣子時，「叮」，輕快的電子音響起。似乎是菫的手機。

「誰啊？」我這麼問。

「對不起喔。」她向我打聲招呼後才操作畫面，確認訊息的內容。

「是高中認識的朋友。名叫春乃，人超好的。然後她現在要和她的好友結衣去買東西，問我要不要一起去。」

菫看著訊息內容繼續道。

「她們要去買的東西是……高中時的老師要結婚了，所以她們要去買些祝賀的小東西。結婚的是圖書館老師和生物老師……對了，我記得教生物的七濱老師好像是妳的親戚？」

「是沒錯……真的假的，那個大叔要結婚了嗎？」

勇氣的確是我的親戚。印象中他個性很認真，很會照顧別人，是個友善的人。不過生氣起來很可怕，或者說他想法太過偏執，還有興趣是製作動物標本，總覺得讓人毛骨悚然，所以我不知道該怎麼和他相處。

只是，連這樣的勇氣都要結婚了，讓我更加哀怨。

「怎麼每個人都這樣到處放閃。」
這時候，我想起來了。
「對了，妳和一條怎麼樣了？妳不是國中就喜歡他了嗎？」
結果菫的臉漲得通紅，立刻低下頭。
「這、這個嘛……」
「……該不會沒有任何進展吧？」
我小心翼翼地詢問，菫低著頭開始玩起了手指，嘴裡吞吞吐吐地咕噥著。
「那個……就是……也不是沒有進展，反而該說是相反吧？」
「相反？」
她紅著臉說。
「他約我下次去、去、去約會……」
「蛤？他主動約妳的嗎？」
「嗯、嗯……」
她含糊地點頭，一臉甜蜜的表情，眼神左右來回游移著。看她這個樣子，我突然想到。
「妳想和我商量的就是這件事嗎？」

這麼問完，她很老實地點點頭。然後瞬間站起身，大叫著：「總之！」

「我、我先去回覆春乃和結衣！等一下再繼續聊！」

她自顧自地丟下這句話，就往咖啡廳的露天座位區逃走了。該說不愧是小動物嗎？就只有這種時候溜得真快。

「她那個樣子不會有問題吧……？」

我無奈地喝了口冰咖啡，嘆了口氣。不過是一條主動邀她的，這讓我相當驚訝。我所認識的就只是國中時期的他。和周遭的人有些不同，有自己的獨特之處，很難想像他會喜歡上誰。

在我充滿疑惑時，門鈴第三次響起。

走進來的是男子雙人組。一人身材高大滿身是肌肉，看起來經常在運動，皮膚曬得黝黑。

而另一人，我有印象。

或許是察覺到我的視線，他也往我這裡看過來，說。

「七濱同學？」

一條就站在那裡。比國中時期長高了一些，原本纖弱的身體練出了剛剛好的肌肉。頭髮變短了，他的個人特徵自然捲也經過一定程度的整理。

「你朋友嗎？」

「嗯，你先找位子坐吧，草太。」

一條向友人打聲招呼後，安靜地走過來。

這時我突然感到一股異樣感。

——總覺得……這傢伙，好像有點改變？

應該說都已經過了四年，多少會有一些變化。只是他微妙地友善，看著我的眼神有種言語難以形容的有血有肉的溼潤感。腳步聲雖然安靜，但這不是顯現出他的存在感稀薄，而是有點像習慣一樣，刻意不發出腳步聲。

對，就是習慣。自從我不能隨心所欲走路之後，就養成了無意識觀察他人走路方式的習慣。例如走路時，慣用腳的步距會稍微大一點、手臂往左右擺動、視線上下移動等，每個人都有不同的姿態。

以這個層面而言，一條的走路方式也太過消極，明明人就在那裡，卻像是不存在般帶著一種透明感。如果要比喻的話，就像路上一團一團的熱氣、雲雨和晴天的邊界、鮮豔的彩虹在地平線的落腳處一樣，肉眼無法實際看見，但卻似乎必定存在於某處的幻影。

另外，或許這也可以說成是雄鷹藏起了利爪。

「好久不見了，七濱同學。」

「唷，一條，國中畢業後就沒見過了吧。」

然後我，先提了再說。

「聽說你邀堇去約會？我們剛好談到這個話題，你對她有意思嗎？」

接著他柔和地輕輕微笑著。

「嗯，我喜歡堇。」

太過坦誠的回應讓我大吃一驚。因為說著這句話的一條看起來非常幸福，充滿著人類的情緒起伏。

「……哦？有什麼契機嗎？」

「契機嗎？曾經有一次，我再也見不到堇了。那時候我感到非常寂寞，極度渴望見到她。所以最近，我終於整理好思緒，想要認真面對堇。」

流暢地闡明的他，一副對自己的端正舉止自豪，清高又有潔癖的樣子說著。

「對了，堇呢？」

看著我對面桌上放著的檸檬茶和蛋糕和空位，一條問。

「嗯？啊，她高中的朋友好像傳訊息找她，所以稍微離開一下座位。她說是什麼春乃和結衣的。還說了老師的婚禮怎麼樣的。你也認識嗎？」

那是在我這麼問完的時候。

「……喔～這樣啊。嗯，我認識啊……大家都過得很好呢。」

他淺淺笑著的臉上，說白了，就像怪物一樣。

會這麼說是因為，彷彿完美的小丑妝上滴到了水滴，鮮豔的眼影和口紅暈開流下，而從中窺見了其素顏的一面，總覺得我看到了不該看的東西，於是我馬上移開視線。

然後等我意識到時，我正隔著衣服壓著我收在口袋中的手機。

雖然沒有根據，卻不知為何感受到危險的氣息。對現在的我而言，神秘的APP是必須保護的第二顆心臟，即使不知道失去之後自己會怎麼樣，還是反射性地想要保護它。

「怎麼了？」

那句話，就像竊竊私語般小聲，但卻如同尖銳的刀刃一樣深深刺進我的胸口。光是這樣，就讓我有種錯覺，好像整個人被劈開直到腹內，似乎被看穿了一切。

必須貫徹到底的秘密。越是這麼想，越是覺得周遭的人很可疑。

——應該沒有，被發現吧。

我只不過是隔著衣服按在手機上而已。就只是這樣而已。沒有觸碰畫面，也沒有打開APP。所以，不可能被發現。

「……沒有，沒事啦。」

「這樣啊。」

一條瞇起眼，馬上恢復原本的態度。下一瞬間，或許是鬆了一口氣，緊張和疲勞感忽然湧現，讓我喉嚨乾渴。我裝作若無其事地喝了一口冰咖啡，卻沒有任何味道。

有那麼片刻沉默籠罩。內心滿是不明所以的異樣感。一條以前確實是不知道在想什麼，有時候感覺很陰沉的傢伙，但那應該就只是陰沉而已。

也就是說，以往他只是某些本質上和別人不同，似乎有著奇形怪狀的扭曲靈魂，像是被關在籠中的珍奇異獸一樣，雖然陰沉，但並沒有危險性。

可是現在，那道常識性的理智之壁，或者說過去將他關起來的籠子般的東西消失了，有一種一旦大意，就會被啃蝕殆盡的危險氣息。

這時候，又傳來了學生們悠哉的閒聊聲。

「那我問你，你知道另一個傳聞嗎？」

「另一個傳聞？」

「就是那個啊，純白殺人魔的傳說。」

「那是什麼？」

「聽說啊，只要被那個殺人魔殺了，被殺的那個人就會從這個世界上消失。被所有人遺忘，真正的完全消失。所以從來沒有人可以抓到純白的殺人魔。」

「嗯？這樣不是很奇怪嗎？如果被所有人遺忘的話，那怎麼會有人知道那個人被殺了？」

「這是因為偶爾會有人記得啊。然後呢，純白的殺人魔接著就會以記得的人為目標。所以啊，你看我們平常都是這幾個人，搞不好其實原本還有別人喔。」

嘻嘻哈哈笑著聊天的他們似乎很喜歡八卦，感覺很開心。

相反地，我總覺得內臟冰冷徹骨，不論是為了逞強或客套都笑不出來。他們的閒言閒語不可思議地像耳垢般緊緊貼附在我耳中久久不散，我為了豎耳傾聽，不禁沉默了下來。彷彿唾液變成了黏稠的接著劑一樣，牢牢地黏住了上下嘴唇和牙齒。

就在這時候，一條打破了沉默。

「對了，七濱同學。」

我抬起頭，和他四目交接。

簡直就像毒蟲或猛獸，又或者是獵人般沉靜的雙眸緊盯著我看。

「妳知道神秘的ＡＰＰ嗎？」

國家圖書館出版品預行編目資料

純白殺人魔 / 三輪・キャナウェイ 著；林佩玟譯. -- 初版. -- 臺北市：皇冠, 2023.12 面；公分. --（皇冠叢書；第5129種)(異文；11)
譯自：真っ白い殺人鬼

ISBN 978-957-33-4092-8(平裝)

861.57 112018844

皇冠叢書第5129種

異文｜11


# 純白殺人魔

真っ白い殺人鬼



作　　者—三輪・キャナウェイ
譯　　者—林佩玟
發 行 人—平　雲
出版發行—皇冠文化出版有限公司
台北市敦化北路120巷50號
電話◎02-27168888
郵撥帳號◎15261516號
皇冠出版社(香港)有限公司
香港銅鑼灣道180號商業中心
19字樓1903室
電話◎2529-1778　傳真◎2527-0904
總 編 輯—許婷婷
責任編輯—黃雅群
美術設計—嚴昱琳
行銷企劃—鄭雅方
著作完成日期—2021年
初版一刷日期—2023年12月

法律顧問—王惠光律師

讀者服務傳真專線◎02-27150507
電腦編號◎554011
ISBN◎978-957-33-4092-8
Printed in Taiwan
本書定價◎新台幣320元/港幣107元